O Bem e o Mal

Título original: O Bem e o Mal
Copyright da atualização © Editora Lafonte Ltda. 2020
ISBN 978-85-8186-00-2

Todos os direitos reservados.
Nenhuma parte deste livro pode ser reproduzida por quaisquer meios existentes sem autorização por escrito dos editores e detentores dos direitos.

Direção Editorial   *Ethel Santaella*

REALIZAÇÃO

GrandeUrsa Comunicação

Direção   *Denise Gianoglio*
Atualização de texto   *Paulo Kaiser*
Projeto Gráfico e Diagramação   *Idée Arte e Comunicação*

Dados Internacionais de Catalogação na Publicação (CIP)
(Câmara Brasileira do Livro, SP, Brasil)

```
Castelo Branco, Camilo, 1825-1890
   O bem e o mal / Camilo Castelo Branco. --
São Paulo : Lafonte, 2020.

   ISBN 978-65-86096-00-2

   1. Romance português I. Título.

20-34293                              CDD-869.3
```

Índices para catálogo sistemático:

1. Romances : Literatura portuguesa   869.3

Cibele Maria Dias - Bibliotecária - CRB-8/9427

Editora Lafonte
Av. Profª Ida Kolb, 551, Casa Verde, CEP 02518-000, São Paulo-SP, Brasil – Tel.: (+55) 11 3855-2100
Atendimento ao leitor (+55) 11 3855-2216 / 11 3855-2213 – atendimento@editoralafonte.com.br
Venda de livros avulsos (+55) 11 3855-2216 – vendas@editoralafonte.com.br
Venda de livros no atacado (+55) 11 3855-2275 – atacado@escala.com.br

Camilo Castelo Branco

O Bem e o Mal

Brasil, 2020

Lafonte

APRESENTAÇÃO

O romantismo, gênero literário no qual o escritor Camilo Castelo Branco ganhou notoriedade, surgiu no século XIX, momento de grandes transformações econômicas, políticas e sociais, e não reflete apenas o sentido romântico do amor e da paixão, como a palavra leva a crer. O nacionalismo e a exaltação patriótica são tão presentes nas histórias quanto as ardentes tramas entre os casais. Em *O Bem e o Mal* essas características são evidentes.

Ladislau Tibério Militão de Vila Cova é um jovem criado por um tio clérigo, o Padre Praxedes. A casa da família, em São Julião da Serra, abrigou várias gerações de lavradores, bem como de padres – e Ladislau, aparentemente, seguiria pelo mesmo caminho. Tanto que, ao completar 18 anos, ele recebe orientações sobre sua vocação ainda incerta – o tio lhe pede que pense durante um ano sobre o rumo a seguir antes de se dedicar ao celibato.

E assim o jovem passa 12 meses esperando por uma manifestação do divino Espírito Santo. No dia de seu aniversário de 19 anos, Ladislau vai à igreja e conhece Peregrina. Surge imediatamente um amor arrebatador. Logo eles se casam, mas a felicidade ainda tarda a chegar... Isso porque entram em cena Casimiro Betancur, de origem humilde, e Cristina, uma das filhas do fidalgo Rui de Nelas Gamboa de Barbedo.

Apaixonados, eles resolvem fugir, já que a família de Cristina não aceita o pretendente. Ela busca a ajuda da amiga Peregrina. A partir daí, nasce uma grande amizade entre os casais, um elo tão forte que ultrapassa os laços familiares. Casimiro e Cristina, juntamente com os não menos apaixonados Ladislau e Peregrina, vivem grandes histórias de amor e companheirismo, enfrentando todos os preconceitos da época.

Na época de finalização do livro, Camilo Castelo Branco tinha 38 anos e estava internado em uma casa de saúde no largo do Monteiro, em Lisboa. O ano era 1863, mas praticamente durante toda a sua vida ele enfrentou doenças, por isso o tema saúde sempre esteve presente em suas obras. Um pouco antes, havia passado um ano preso na Cadeia da relação, na cidade do Porto, por crime de adultério. Quando absolvido, em 16 de outubro de 1861, decidiu morar com a companheira, Ana Plácido, na capital portuguesa.

A partir da mudança para Lisboa, o autor passou a trabalhar freneticamente. Tornou-se o escritor português mais publicado, com 260 obras em cerca de 40 anos, deixando um legado primoroso entre romances, crônicas, críticas, poesias e textos para dramaturgia.

SUMÁRIO

I	A VISÃO DO PRESBITÉRIO	8
II	AMOR DE PREDESTINAÇÃO	18
III	CASAMENTO PATRIARCAL	30
IV	OUTROS AMORES	44
V	VEREDAS PENHASCOSAS	58
VI	A HUMILDADE VENCEDORA	70
VII	FELICIDADE	82
VIII	O VIGÁRIO DE S. JULIÃO DA SERRA	94
IX	D. ALEXANDRE É ESPALMADO	104
X	A VITÓRIA DUMA CRIANCINHA	116
XI	GUILHERME LIRA	130
XII	SERENIDADE DA INOCÊNCIA	142
XIII	O RÉU	156
XIV	EPISÓDIO	170
XV	CONTINUAÇÃO	182
XVI	O JULGAMENTO	192
XVII	CONTRASTES	202
XVIII	MÃE!	212
XIX	PAZ E CONTENTAMENTO	224
	CONCLUSÃO	234

A VISÃO DO PRESBITÉRIO

Apresento o Sr. Ladislau Tibério Militão de Vila Cova. Nasceu no termo de Pinhel, em 1818. Seu pai, viúvo sem consolação, vestiu o hábito de frade mendicante no convento de Vinhais. Assim cuidou ele que dignamente honrava a memória de sua santa mulher. Escolhera convento pobre como penitência, e deixara sua casa e filho único sob a vigilância de um irmão clérigo, sujeito de clara fama e varão doutíssimo.

Naquela casa de Vila Cova, que dera o apelido a dez gerações de honrados lavradores, floresceram, na passagem de cinco séculos, padres de muito saber, uns famigerados na oratória, outros grandes casuístas, e alguns bastantemente notáveis por sua virtude sem letras, e nenhum por letras sem virtudes.

O educador de Ladislau, sobre ser virtuoso, era grande letrado; a sua ciência, porém, atrasara-se dois séculos na história do espírito humano.

Padre Praxedes de Vila Cova sabia de cor Aristóteles e Platão. Filosofia, Física, História Natural, Gramática, Lógica, Metafísica, Poética, Meteorologia, Política, e mais um centenar de ciências, todas lhes ensinaram os dois sábios de Estagira e Atenas. Na opinião dele, a inteligência do homem, depois de Platão e Aristóteles, envelhecera, ou fingira remoçar-se com atavios de ouropel e pechisbeques sem quilate na experimentada mão de um sábio. Era padre Praxedes copiosamente lido em livros portugueses, anteriores ao século XVII, e possuía os melhores nas suas ponderosas estantes de castanho. Da época dos Senhores Reis D. João V e D. José I já pouquíssimos volumes, e esses mesmos estremados do ouro puro dos clássicos, se honravam de prender-lhe a atenção.

Foi, desde menino, Ladislau encaminhado por esta, em parte, errada vereda da sabedoria útil e verdadeira.

Começou a escrever como caligraficamente se escrevia há dois séculos: letra garrafal, com as hastes a prumo, longas e enfeitadas com mui engenhosos quadrados, mormente as maiúsculas. Era a escrita de padre Praxedes tal qual a que seu tio-avô, sábio falecido em 1707, transmitira a um padre Heliodoro, seu filho, e este ao avô de Ladislau, e o avô ao filho, que vinha a ser o tio paterno deste padre Praxedes. De modo que, naquela família, o "traslado" da escrita em 1830 era fielmente copiado do de 1680. Em tudo mais como na escrita.

Está situada a casa dos Militões de Vila Cova nas faldas de uma serra chamada a Castra. Afirma documentalmente o padre que o chamar-se Castra o sítio, vem de ter estado ali presídio romano, há vinte séculos; e quer ele que sobre as ruínas daquela atalaia dos senhores do mundo esteja cimentada a modesta habitação dos Militões desde o século IX.

É a casa grossa de cantaria com dez janelas de peitoril sem vidraças, quase a roçarem nas proeminentes cornijas, assentadas em fortes cachorros sem lavor. É largo e alto o portão de castanho, que abre sobre um espaçoso quinteiro, intransitável na maior parte do ano, por causa das gabelas de tojo e urze, que os pés do gado vão calcando e curtindo.

Do fundo do quinteiro, sobe larga escadaria a um pátio lajeado com guardas de pedra tão em bruto e sem visos de esquadria que parecem ter ali ficado casualmente postas umas contra outras pelo revolutear aquoso de algum dilúvio.

Este exterior assim é triste, mais triste que a soledade das ruínas de outras casas, que em redor existiam até ao começo deste século, e às quais os franceses acossados pegaram fogo, na sua última evasão de Portugal. Do desastre da Póvoa de Vila Cova salvou-se a casa dos Militões, porque os incendiários não acharam brecha por onde lançassem o lume: o morro de pedra era incombustível; as portadas de castanho tão-somente a bala rasa poderiam saltar dos seus enormes gonzos.

Os donos das ruínas não quiserem reedificar no sítio onde seus antepassados tinham construído os pobres casalejos. Ajuizadamente edificaram em terreno mais ao centro das suas leiras, visto que, em cata de mais fértil torrão, já os avós dos atuais tinham levado longe o arroteamento e a cultura.

A casa dos Militões ficou, porém, solitária, e tomou a si em bem dos pobres o desmontar da terra deixada a monte.

As corpulentas árvores, que se abraçam no declive da serra, mal deixavam entrever a casa de Vila Cova. O vestígio único de vida naquele fundão era o rolo de fumo, que o vento rarefazia em aparência de nevoeirinhos sobre a copa do arvoredo, o qual, visto da cumeada da Castra, semelhava uma moita de arbustos.

Volviam meses e meses sem que pessoa estranha descesse a serra, em demanda da casa dos Militões, exceto o viandante, que, surpreendido pela noite, se guiava pela neblina de fumo, vista ao entardecer, ou pelo convidativo cantar do galo.

Em dias santificados, a família fiava dos cães de gado a guarda da casa, e ia ouvir missa à igreja paroquial, um quarto de légua distante. Desde tempos imemoriais era a freguesia pastoreada por clérigo da casa de Vila Cova. Este clérigo que, no discurso de três séculos, parecia sempre o mesmo, tinha sempre consigo uma irmã, que, no traje, no dizer, e no sentir, era a mesma irmã do padre do século XV.

Depois da missa, o pastor acompanhava os seus a Vila Cova, onde passava o dia; e, à noite, entoadas as preces da Ave-Maria, lá transmontava o cerro, que o separava da sua igreja, abordoando-se de um cerquinho, que diziam ter trezentos ou mais anos de uso — tradição fundada na certeza de outras muitas.

Este era ainda em 1830 o viver daquela patriarcal família.

Ladislau Tibério Militão estudava neste tempo a gramática de Aristóteles. Frei Brás, seu pai, morreu naquele ano; e, no seguinte, o tio que paroquiava. Ficou reduzida sua família ao padre, que o ensinava, e à tia Sebastiana, que, por morte do tio, voltara da igreja à casa, onde uma série de onze antecessoras tinha voltado com o luto no coração e a vida por um fio.

Apenas falecido o pastor, foi padre Praxedes nomeado interinamente para a vigairaria de S. Julião da Serra. Não havia outro clérigo na família, nem outro administrador para a lavoura. Quis o padre declinar a pesada herança; mas, mal o souberam, os paroquianos acudiram em rogos e lágrimas a Vila Cova, pedindo ao virtuoso irmão do defunto vigário que os não desamparasse. Praxedes arrendou os bens, e transferiu-se à residência paroquial com irmã e sobrinho, esperando ainda que algum clérigo pobre das cercanias lhe tirasse dos ombros o cargo, e lhe libertasse o tempo necessário ao ensino de Ladislau.

Malograda a esperança, e nomeado pelo governo, o pároco trasladou sua livraria, como quem já tinha ao certo que seus derradeiros anos, muitos ou poucos, ali seriam vividos ao pé da sepultura dos seus onze antepassados. Na casa do presbitério, continuou a educação literária de Ladislau.

Vivia o mocinho entre seus tios; não conhecia rapaz de sua idade com quem entretivesse as horas feriadas, ou conversasse em matéria de estudo. Mui naturalmente lhe pendeu o ânimo a umas tristezas que nem viço e contentamentos de primeiros anos podiam desassombrar. Isto não fazia espécie ao vigário nem à Sra. Sebastiana. Era aquela soturna melancolia a norma comum do viver desta família. Muita quietação, silêncio tumular, um moverem-se de fantasmas, perpassando uns por outros com glacial taciturnidade.

Estava ainda gravado no ânimo de todos o lance funéreo da viuvez de Brás. A mãe de Ladislau morrera como quem passa de um túmulo para outro. Nem mesmo depois que saíra o esquife, os gemidos se ouviram longo tempo. E o viúvo, quase sem declarar seus intentos, saiu, ao terceiro dia, de casa, foi orar sobre a lájea de sua mulher, e dali se partiu, a pé, caminho de Vinhais. Aqui, bateu à porta do mosteiro, que se abriu como casa de infelizes, e lá ficou. Tudo assim, na vida ordinária, modelado por este extraordinário sucedimento!

Ladislau contou os dezoito anos de sua idade, sem sentir abrir--se-lhe o coração a alguma poesia: nem sequer à poesia da natureza!

As graças campestres das *Geórgicas* de Virgílio sabia traduzi-las em termos frios, rigorosamente gramaticais, irrepreensíveis em sã e fradesca latinidade; porém, no interno de sua alma, nenhum enlevo o transportava da euforia do verso para a formosura dos prados, das fontes, e do luar das suas noites solitárias. Dormia-lhe o coração; ninguém à volta de si proferira aquela palavra, que é bastante a despertá-lo para as alegres alvoradas do primeiro dia de amor, amor sem mulher, sem esperança, sem emblema, amor em competência com o ideal do amor dos serafins.

Como se padre Praxedes premeditasse amortalhar este mancebo, já morto antes de haver experimentado o palpitar estranho da vida, que estremece em confusos desejos, uma vez, acabando de traduzir com Ladislau alguns capítulos da "Cidade de Deus", de Santo Agostinho, falou assim ao moço de dezoito anos, sem uma só primavera:

— Ladislau, pensava eu esta noite, e muitas noites hei velado a pensar que, daqui a pouco, voltarás à casa onde nasceste, deixando teu mestre debaixo da pedra onde esperam o grande dia todos os nossos. Pensei com tristeza que não virá tão cedo de nossa casa o padre guardador deste rebanho, que os nossos antepassados aceitaram como de Deus, e vieram, no atravessar de tantos anos, passando o cajado uns a outros. Agora é que se acabou este legado de serviços, desvelos, e caridades aos nossos irmãos... Quão grato seria a Deus que o não rejeitássemos! Não estás tu aqui tão bem inclinado à virtude, e aproveitado na ciência das cousas santas?!... Queres tu ser padre, Ladislau?

— Quero, meu tio — disse o moço com inalterado semblante, como se fosse convidado a traduzir a "Carta aos Pisões" ou as "Lamentações de Jeremias".

— Sentes em ti vocação ao sacerdócio? — reperguntou o padre com alegre sombra.

— Sinto, sim, senhor; porque não hei de sentir? — disse Ladislau.

— Não tens pensado em outro futuro, meu sobrinho?

— Outro futuro!? — perguntou o moço, como alheado na estranheza da insistência.

— Sim: outro futuro... Pensaste alguma vez em te casares?

— Não, senhor.

— Nem te pende para a vida de esposo e pai a inclinação do teu ânimo?

— Não tenho cogitado nisso.

— Pois pensa, sobrinho, pensa, que esta vida de padre tem grandes alegrias e grandes amarguras, como todas as vidas, todas as vocações.

Se queres a paz, que me tens visto no rosto, entra na trilha de meus passos; os dissabores de dentro, esses, que são muitos, Deus te afaste o cálix deles; mas, se te der, aceita-o, que a remuneração é infalível; aceita-o, meu sobrinho, que o descanso, vindo após a batalha, é inefável como o júbilo dos santos. Ora pois: pensarás um ano; consultarás o teu espírito; e, em cada amanhecer, pedirás ao divino Espírito Santo que te alumie.

Antes de findado o ano, padre Praxedes deu a alma ao Senhor; e Sebastiana, que vivia para sepultar o último vigário de S. Julião da Serra, lá ficou na campa mais próxima, adormecendo-se a beneplácito de Deus, como quem cumpriu sua missão.

Ladislau voltou à casa de Vila Cova com a sua livraria, e as supremas palavras do tio moribundo, que tinham sido estas:

— Espera, um ano mais, o conselho do Espírito Santo. Se o teu coração estiver desatado de paixões, que prendem à terra, dá-o a Deus; se não, meu sobrinho, sê um bom marido e um bom pai, que esta virtude é por si também um sublime sacerdócio. A vida solitária, que tens vivido, se puderes continuá-la, filho, não a troques pelo mundo. Sacerdote, marido, ou simples homem, sem mais obrigações que as comuns com os outros homens, além das que o decálogo te manda, foge, quanto puderes, da vida que traz consigo o esquecimento da morte. Ladislau, a ciência é um grandíssimo mundo povoado de espirituais amigos; os teus livros encerram, cada um, sua alma, que te fala como amiga. Neste, acharás um desgraçado contrito, que te conta os seus infortúnios como o santo bispo de Hipona, ou o fundador da nossa Arrábida[1]. Outro, como o tesouro

---

1 António de Oliveira Soares, que de capitão de cavalos e costumes perdidos passou a frade arrábido, e a vida muito penitente. Engano de Camilo. Chamava-se António da Fonseca Soares o que veio a ser Frei António das Chagas e não está entre os muitos fundadores dos muitos conventos da Arrábida. Conta-se, porém, entre os melhores prosadores de seu tempo, o que compensa de algum modo o desfalque.

de Kempis, se te desentranha com bálsamos para quantas feridas a dor doermo ou os desenganos do mundo te abrirem no seio. Nos livros aprendi a fugir ao mal sem o experimentar.

Confessor quarenta anos, vi as angústias, que vão por esse mundo, tantas, que não cabiam lá, e transbordavam até ao nosso esconderijo. Recolhe-te a ti; não deixes os teus campos; afaz-te a amar estas serras, onde o pé do ímpio não chegou ainda.

Olha tu com que serenidade eu fio meu remédio e salvação da divina misericórdia: aqui tens, na morte, um exemplo das vantagens da vida, que eu tive. É isto, filho; é este acabar sem remorso nem temor, consolando-me de ter sido tão moderado em meus desejos, que nem sequer peço a Deus que me dispense mais um dia de existência.

Estas e poucas mais foram as últimas palavras do presbítero.

Ladislau Tibério viveu um ano esperando o conselho do Espírito Santo.

Os chorosos paroquianos de S. Julião da Serra, quando viram suas consciências em guarda de um sacerdote moço, que viera de longe pastoreá-los, foram ter com Ladislau, representados pelos lavradores mais abastados da freguesia.

— Que querem de mim? — perguntava o moço. — Que hei de eu fazer-lhes?

— Seu tio, que Deus haja — respondeu o mais respeitado –, nos disse que talvez o Sr. Ladislau tomasse ordens para ser o nosso vigário.

— Pois sim; mas é cedo ainda, meus amigos. Deixai-me esperar o dia destinado à minha decisão.

O dia chegou: era o aniversário da morte do padre Praxedes.

Ladislau, na manhã daquele dia, foi orar ao templo, e ajoelhou sobre a campa dos sacerdotes seus antepassados.

Raiava a aurora quando entrou à igreja.

E enxergou um vulto, orando no arco da capela-mor.

Mais tarde, como o sol coasse pela estreita fresta lateral um raio de luz sobre o vulto ajoelhado, Ladislau reconheceu uma mulher.

II

AMOR DE PREDESTINAÇÃO

A mulher ajoelhada à sombra do escuro arco era Peregrina, irmã do vigário.

Viera ela de longe para ali com seu irmão, sacerdote pobre, que devia a sua ordenação ao bem-fazer do padrinho, velho fidalgo de Pinhel. Enquanto João se ordenava em Bragança, Peregrina vivera e educara-se sob o amparo do padrinho de seu irmão, e querida das filhas do fidalgo, que a vestiam de seus vestidos, e a sentavam entre si à mesa.

Disse padre João a sua missa nova na capela do benfeitor, e ali ficou estimado como da família até que, por diligências do fidalgo, recebeu a apresentação na Igreja de S. Julião da Serra.

Peregrina beijou a mão do velho caridoso, beijou o rosto de suas amigas de infância, e saiu com o presbítero em demanda da vetusta igreja. Os paroquianos, posto que descontentes ao verem semblantes desconhecidos no adro dos seus mortos, disseram:

— Assim é que vinha o pastor de Vila Cova com a irmã.

Era melancólico o presbítero; as árvores ressequidas; o chão árido; as penedias calvas; os tetos assentes em vigas; as paredes interiores afumadas; os tabuados movediços. Ali, as primaveras passariam despressentidas, se não fosse o azulerjar-se o céu, e os festões das gestas na serra, e o calar-se o estridor das torrentes despenhadas dos cercos das montanhas. Peregrina, quando ali se viu, por um anoitecer de novembro, disse:

— Como isto é triste e feio!

Padre João olhou em redor de si, e respondeu:

— Irmã, este chão triste é que nos há de dar o pão santo da independência. Bendigamos o coração generoso dos nossos amigos, que me deram terra onde lavrar com minhas próprias mãos o nosso sustento de cada dia. A casa parece-nos agora triste, porque é noite. Amanhã, um raio de sol nos virá alegrar estas paredes.

E, como assim falasse, o vigário desceu ao adro, subiu sobre uma peanha tosca, travou da corda que movia o sino único do simulacro de torre, e tangeu as nove badaladas de ave-marias. Os lavradores, que iam passando, descobriram-se, pararam, oraram, benzeram-se e seguiram o seu caminho murmurando:

— Os padres de Vila Cova faziam o mesmo. Quer Deus que todos os nossos vigários sejam bons e devotos.

Entretanto, Peregrina, rezada a oração final da sua prece da tarde, alongou os olhos às sombrias serras que avultavam para o lado de Pinhel, e chorou. Eram saudades das filhas do benfeitor, e do casal onde nascera, e onde seus pais, caseiros do fidalgo, haviam morrido.

A irmã do vigário tinha dezoito anos. Era dotada de abundantes graças, compleição menos robusta que o ordinário das moças aldeãs, senhoril talvez extraordinariamente, rica de negros cabelos, formosa de olhos, doce e meiga no dizer, modestíssima, parca em sorrisos, meditativa, laboriosa, e muito dada à oração.

Costumava ela erguer-se antemanhã, quando ouvia os passos do irmão no sobrado vizinho do seu quarto. O vigário madrugava assim para dizer missa à hora em que os paroquianos saíam às suas lavouras. Peregrina acendia o lume, aconchegava o púcaro das brasas, segava as couves, ia assistir à missa do irmão, e vinha depois cozinhar o caldo, que era a refeição matinal do sacerdote e dela.

Uma grande parte do clero, que pastoreia almas, pode bem ser que não aceite a verossimilhança deste caldo de couves. Espero que se desçam de sua incredulidade, se eu lhes disser que a côngrua e pé-de-altar de S. Julião da Serra não davam para chá, naquele tempo em que os direitos da xaropada chinesa eram enormes, e os paladares genuinamente portugueses, lá daquelas serranias, se saboreavam de preferência no salutar cozimento de couves adubadas de saboroso unto. Ora eu, que nesta fidalga e francesa Lisboa, tenho sido espetáculo de riso, pedindo nos hotéis, e recomendando aos meus amigos, o caldo verde, insisto contumazmente em me expor à mofa da gente culta, dando à estampa, neste lugar e para meu duradouro opróbrio, o panegírico do caldo verde, caldo de meus avós, e de padre João, e de sua irmã.

Naquela madrugada, em que Ladislau fora celebrar o aniversário da morte de seu tio, orando na igreja, Peregrina demorava-se a rezar, finda a missa, porque seu irmão entrara no confessionário. Dera ela conta de ajoelhar-se ali perto de si o moço, já quando o templo estava vazio. Sofreou, enquanto pôde, sua curiosidade, que teimava em querer conhecer o recolhido devoto. Não era costume seu voltar a cabeça a um lado ou outro, quando falava a Deus; porém, tanta força lhe fazia o ânimo para o sítio onde estava o moço que, apesar da profanação, aventuro-me a supor que o coração lhe estava tirando para ali os olhos por uns filamentos misteriosos que, alguma vez, a anatomia há de encontrar entre olhos e coração.

Foi o raio de sol nascente, vertido pela fresta esguia da capela-mor, que de todo em todo aliciou Peregrina a olhar. Um raio do sol do Senhor a alumiar-lhes o escuro do templo para se verem! Donoso e sublime confidente de duas almas carecidas uma da outra! Nunca tão auspiciosos prelúdios de um amor começaram nesta vida! São dois moços: ela virgem, e formosa, e imaculada; ele gentil, puro e ali ajoelhado em consultação de seu destino. A que bendita e predita hora se entreluzem as duas almas, embebidas em Deus e subitamente encontradas no mesmo arco da igreja, em que os esposos costumam receber as bênçãos!

Ladislau tinha as mãos erguidas, quando encarou no rosto de Peregrina. As mãos ficaram na postura fervorosa; mas a oração, cortada em meio, olvidou-se-lhe. E ela, que entrepassava nos dedos as contas do seu rosário, continuou a dizer as palavras santas; mas sem ouvi-las na audição interior do espírito.

Ambos a um tempo acordaram da fixidez da sua contemplação, e coraram. Ladislau baixou os olhos, e ela ergueu-os. Um parece que pedia contas à terra duma delícia que nunca lhe havia dado nem pressagiado; outro ia no céu como a decifrar o enigma da sensação nunca experimentada.

Instantes depois, padre João apareceu à porta da sacristia, e mandou à irmã que acendesse os castiçais do altar-mor, enquanto ele se revestia para ministrar a sagrada comunhão à confessada. Ladislau, como ouvisse as ordens do vigário a Peregrina, ergueu-se e disse:

— Eu vou, se o Sr. Vigário quer. Já sei este serviço, que era minha obrigação, em tempo de meus tios, que Deus haja.

Padre João já conhecia o sobrinho do defunto Praxedes como primeiro lavrador da freguesia, e moço de estudos e virtudes, segundo lhe dissera o regedor da paróquia, e o gravíssimo mordomo do orago confirmara.

Aceitou o vigário o serviço a que Ladislau se teria oferecido, ainda mesmo que a presença de Peregrina o não movesse à delicadeza. Esta delicadeza era instintiva certamente, e ensinada pelo coração, a fundamental de todos os cerimoniais, que nas ativíssimas cidades os meninos aprendem em livros, como se a cortesia com damas não fosse página escrita no mais diamantino do peito desde que abrimos os olhos para vê-las.

Acendeu Ladislau as velas, e proveu de água o jarro da comunhão, enquanto o vigário se paramentava. Subiu o hostiário ao altar, abriu o sacrário e tomou a partícula da píxide. Uma nuvem escura de trovoada iminente entoldara o sol, e a capela-mor voltava à frouxa luz crepuscular. O ministro, severíssimo em todo o ritual de seu sagrado encargo, como não fiasse da claridade de uma só vela a perfeita passagem da hóstia à língua da comungante, acenou à irmã para que tomasse uma vela do outro lado.

Ladislau tremeu quando a viu tão perto de si: mas, assim mesmo, não desatremou em desconcerto com a urbanidade: entregou-lhe o círio, que tinha, e foi tomar o outro da tocheira.

Em verdade lhes digo, meus sensíveis leitores, que eu desejava ter assim um painel, para serem dois os painéis da minha estimação. O que já possuo é uma menina lagrimosa, que está dando de comer ao seu cão moribundo, que não vê o alimento, mas ainda a vê a ela, e parece despedir-se a chorar. O outro quadro queria eu que fosse o vigário de S. Julião da Serra pendido à fronte humilde da cristã; dum lado Peregrina com o rosto banhado do escarlate da flama, que ela quer afastar de si, adivinhando que os olhos do moço a estão contemplando; do outro lado, Ladislau, involuntário, cativo, alheado de si, sem poder desfitá-la. Eis aqui as minhas quatro figuras todas absorvidas em amor de Deus. O padre está enlevado na suprema majestade do seu ministério; a penitente está-se identificando a divindade do corpo e sangue de Jesus; Ladislau, em seu silencioso espasmo, está salmeando o hino de graça que o primeiro homem deu ao Senhor, no instante de ver inclinado a si um seio amparador de mulher. E ela, Peregrina? De ti, purpureada virgem, só podem sentir teus êxtases, e contar-nos, as tuas iguais neste mundo, as que tiveram simultaneamente a intuição do amor e a visão do primeiro homem amado. Todos, pois, enlevados em aspirar divino: o sacerdote e a comungante pela consciência, os outros pelo coração, aberto em perfume que queimam a Deus o mais seleto e fino bago do seu incenso.

Findo o ato sacramental, o padre subiu os dois degraus do altar, cerrou o sacrário, ajoelhou, e voltou à sacristia. Ladislau ficou em pé, rente com o tocheiro de castanho tosco, donde tirara o círio. Peregrina foi depor a sua vela sobre a credência, desceu ao fundo da igreja saudando os quatro altares laterais, e saiu ao adro, e logo entrou na vigararia. Ladislau viu-a desaparecer, e disse de sua consciência para Deus: "Não tornarei a vê-la?"

Assomou o pastor no limiar da sacristia, e disse a Ladislau, que ia saindo:

— Desejo tê-lo em minha companhia algum pouquinho tempo, Sr. Ladislau. Se não vai com pressa, tenha a bondade de esperar, que eu faço oração, e vou já.

— Espero no adro o tempo que o Sr. Reverendo Vigário quiser.

— Por que há de ser no adro e não em casa? — tornou padre João — Entre na residência, que a porta do sobrado está aberta.

Ladislau esperou no adro, e, enquanto esperava, tinha os olhos na janelinha da saleta, em que seu tio costumava estar nas noites quentes, esperando os fregueses, que voltavam das ceifas, e a todos falava, mandando-os sentar nos troços brutos de pedra, que ali tinham ficado duma casa incendiada pelos franceses.

Assim contemplativo, viu ele chegar à janela a irmã do vigário, e esconder-se, apenas o encarou, surpreendida.

Que instantes aqueles para ambos! Que céus e céus, vistos à luz dum relâmpago! Que extensos poemas de lágrimas costuma a saudade fazer depois com as reminiscências de uns momentos tão fugitivos!

Saiu o vigário do templo, fechou a porta, e disse:

— Estava o Sr. Ladislau a recordar-se de seus tios? Não admira, que eu mesmo, sem os ter conhecido, lhes respeito a memória, pelos grandes louvores que ouço dar às suas virtudes. Basta ver o que este bom povo é para se avaliar as excelências de quem assim o educou. O espírito dos dois últimos e defuntos vigários de S. Julião da Serra está ainda com o seu rebanho. Fácil me há de ser a mim, homem sem virtude nem experiências, pastoreá-lo. Mais tenho que aprender que ensinar.

E, no sentido destas humildes palavras, foi dizendo outras, que se insinuavam ao coração do moço já cativo do conciliador semblante do sacerdote; e assim entraram na casinha paroquial.

— Peregrina — disse o padre à irmã, que os vira subir, e, sem saber por quê, se alvoroçava. — Olha que temos hóspede; vê lá como te sais; não queiras que o nosso convidado nos julgue forretas. Almoço de abade rico, ouviste?

A moça não respondeu. Afastou da fogueira o caldo que fervia, lançou alguns ovos à sertã, e, tão depressa os cozinhou, foi à modesta arca do seu bragal tirar a melhor toalha, e os garfos de ferro ainda luzidios em primeiro uso.

Peregrina, posto o almoço na mesa, sentou-se no seu lugar de costume, que era um banquinho tosco achegado do escano. A mesa, construída de uma só tábua afumada, engonçava naquele adorno da lareira, talvez tão antigo como a vigararia de S. Julião da Serra.

Quando a moça se assentou, disse Ladislau:

— Aquele banco era o lugar de minha tia, que Deus tem!

E ficou contemplativo.

— E eu — disse Padre João — estou no lugar de seu tio, e o Sr. Ladislau vem sentar-se no lugar que era seu.

Estava já na mesa a travessa de barro vidrado com a fritada de ovos e farinha triga. O vigário sorriu-se, e disse:

— Na mesa de seu tio havia um prato e um talher para cada pessoa? Ladislau, que não sabia o significado da palavra "talher", respondeu:

— Comíamos todos do mesmo prato; e na minha casa de Vila Cova, tanto meus pais como meus tios comíamos à mesma mesa dos criados e jornaleiros.

— Como há trezentos anos — ajuntou o padre — como os patriarcas idumeus com os seus servos e escravos. O Sr. Ladislau ainda não viu, à luz da civilização, a grande distância a que está dos seus criados. Vive, por enquanto, na fé de que senhor e servo são homens filhos do mesmo pai, um favorecido, outro desfavorecido pelo acaso do nascimento... O senhor não lê as gazetas? — perguntou o vigário, abruptamente.

— Não leio, nem as vi nunca — respondeu o moço.

— Ouvi dizer a meu tio que um padre, daqui três léguas, quando acerta de encontrar-se com ele na feira de Pinhel, lhe mostrava as gazetas.

— Pois — tornou o padre — as gazetas são uns papéis escritos em letra redonda, criados e sustentados para demonstrarem que todos os homens têm direitos iguais. Muito me admira que seus avós e o senhor tenham praticado a igualdade sem terem lido as gazetas! Provavelmente em casa dos Militões de Vila Cova lia-se o Evangelho de Jesus Nazareno.

— Lia, sim, senhor.

— Só assim pode explicar-se a virtude sem a doutrinação das gazetas. Dizem que elas são o baluarte da liberdade, da igualdade, e da fraternidade; e eu estou em defender que o Sermão da Montanha, pregado pelo filho de Deus há mil e oitocentos anos, e o Sermão da Natureza, que sem cessar se está ouvindo, bastam para fazer um homem irmão e amigo do outro homem, por amor a Deus, que é pai de todos.

Posto que não excedesse os vinte e oito anos, o vigário, no pausado e refletido do seu dizer, competia com os cinquenta anos de algum egresso daquele tempo.

As faculdades deste bem-fadado ministro da verdade tinham amadurado antes da sazão própria. Costuma ser a desgraça quem antecipa, com a precoce experiência, a reflexão; porém, observa-se que o juízo — o que comumente se chama siso — proveniente das lições do infortúnio, é um recolhimento melancólico, misantropo, desumano às vezes, e quase sempre intolerante. Em exemplos destes, que os há em grande cópia, acerto seria arguirmos ao enojo das quimeras desta vida o que atribuímos à reflexão.

A madureza do vigário não era apressada pela desventura, nem triste, nem intolerante. A índole, o hábito da soledade, o estudo, a clara vista da alma com que entrava no secreto e desconhecido do coração alheio, explicam o ar grave, monacal, e discordante de seus anos. Não obstante, o jeito com que dizia as suas sátiras às gazetas dava mostras de espírito faceto ou humorístico, segundo agora francesmente se diz.

Dos estudos do seminário passara o presbítero à capelania do padrinho de Pinhel, fidalgo, como se disse, intratável desde 1834, retraído ao seu quarto, em luta permanente com os achaques da alma, igualmente dolorosos que os do corpo. A gota, o reumatismo, a ciática impacientavam-no tanto ou menos que o desmancho das cousas políticas. Rui de Nelas Gamboa de Barbedo, que assim se chamava o gótico solarengo de Pinhel, se alguma vez chamava padre João Ferreira ao seu quarto, era para lhe perguntar pela quinquagésima vez:

— Que me dizes a isto, padre João?

— A isto?

— Sim, à queda do rei legítimo?

— É um fato consumado — dizia o padre.

— É uma usurpação consumada! — replicava o fidalgo, e sibilava um agudo ai, levando a mão ao artelho esquerdo, cuja dor só podia comparar-se à do artelho direito.

E como o afilhado não pudesse restaurar ao trono usurpado o senhor legítimo à vontade do padrinho, Rui voltava-lhe as costas, e o padre saía melancólico a encerrar-se no seu quarto com os seus poucos livros, ou ia lecionar em primeiras letras as filhas do fidalgo, a segunda das quais principiara o alfabeto aos dezesseis anos, Deus sabe com que repugnância.

Demorei-me acintemente nestas dispensáveis explicações para dar tempo a que os três convivas almoçassem e conversassem. *Conversassem*, é menos exato. Quem falou sempre foi o vigário, e é de presumir que o auditório o atendesse escassamente. Ladislau, se alguma cousa escutava, era o poema anterior, os hinos descompassados, mas sublimes, que soavam dentro em seu coração. Estranhas músicas deviam ser aquelas para o moço surpreendido, na alva do seu primeiro dia de amor, por enchentes de luz desconhecida! O amor, que vem procurado, como sensação necessária à felicidade da vida, perde dois terços da sua embriagante doçura; porém o amor inesperado, impetuoso e fulminante, esse é um abrir-se o céu a verter no peito do homem todas as delícias puras que não correm perigo de empestarem-se em contato com as da terra. Era desta espécie o sentimento de Ladislau, nascido na hora em que ele ia confirmar sobre a sepultura de seu tio o pacto de ser sacerdote, abjurar as desconhecidas alianças do coração com o mundo, e aceitar as que atam o coração ao mundo com o laço da caridade evangélica.

Ora, aquele poema interior, se alguém podia decifrá-lo, era Peregrina. A mulher inocente e admiravelmente dotada do sexto sentido, que recebe as impressões não classificadas na ordem física nem moral, adivinha quem a ama, antes que lho digam. Parece que o ar se lhe povoa de espíritos amigos, que giram entre ela e os olhos de quem, a fito ou de revés, a requesta. Aquele diáfano véu de escarlate, que lhe purpureia o rosto, não é sangue, como dizem os materiais definidores de tudo: a mimosa suscetibilidade de cútis, chamada pudor, não pode ser sangue; enquanto a mim, é o sombreado das asas iriadas dos espíritos que voejam no ambiente da mulher imaculada, ou então reflexo das coroas de rosas, com que o deus festivo dos amores a enfeita, cioso de ter nos seus altares o pouco deste mundo que merece e desculpa a idolatria.

Posto que este dizer tenha um sabor mitológico, pagão, e, sobretudo, antiquíssimo, há de o leitor conceder que o seu servo romancista, tal qual vês, se desgarre do caminho trilhado à moderna, para não dizer sempre que os personagens estavam arrobados, extáticos, ou, o que é pior, perdidos de amor.

Os meus personagens, Ladislau e Peregrina, não estavam arrobados nem extáticos, porque ambos confessam que comeram da travessa vidrada a sua porção de ovos, e tomaram cada qual o seu caldo verde (palavra indigna de tão levantado assunto!).

Perdidos também não estavam; porque o perder-se ou transverter-se o coração é quase sempre a prova real de não ter sido o primeiro nem o melhor um certo amor com que os alienados se desculpam.

O amor, que não perde nem desvaira, esse é que é o amor.

Ei-lo aí, pois, profundo, sereno e belo como o oceano em calmaria.

CASAMENTO PATRIARCAL

Eu, que já escrevi doze casamentos felizes de uma assentada, querendo agora enfeitar o de Ladislau e Peregrina, é tamanha a penúria de engenho em que me vejo, que — a não me acudir a fada do estilo — hei de contar o ditoso enlace como ele está escrito no livro dos casamentos da freguesia de S. Julião da Serra.

Convém saber que é cousa para pouco discurso a passagem do amor ao sacramento, que o completa, lá nessas terras abençoadas do obscurantismo, como era o termo de Pinhel, e continuará a ser por estes quatro séculos por vir, em virtude de lhe andar por muito longe das raias o caminho de ferro. De S. Julião da Serra, então, isso aposto eu que nunca há de ser desalojada a santa ignorância, que faz amarem-se e casarem-se logo as pessoas que se querem.

Vamos a bosquejar o casamento de Ladislau e Peregrina. Se a descrição me sair muito florida, não servirá. Guardarei os enfeites para exornação de outros casamentos, onde as flores sejam empregadas em disfarçar a míngua de coração e virtudes.

Findo o almoço, Ladislau disse ao vigário:

— Como o dia está solheiro e alegre, pedia eu ao Sr. Padre João e a sua irmã que viessem passar o dia a Vila Cova. Se houver precisão da sua vinda à igreja para administrar a extema-unção, depressa o irá chamar alguém a minha casa; porém, graças a Deus, não está ninguém, que eu saiba, doente na freguesia.

— Pois vamos — disse o vigário sorrindo. — Caro lhe há de ficar o almoço... O bom presunto vai pagar os meus ovos. Vem daí, Peregrina, vamos lá ver a casa donde saíram tantos homens grandes e obscuros, como são os homens que se escondem da sociedade para serem bons. Quem dirá, Sr. Ladislau, que no curto horizonte destas serras que nos cercam, estão fechadas as lembranças dos santos ministros do altar, que vieram de sua casa para dentro destas quatro paredes velhas!... E seu pai, o viúvo amortalhado no hábito de frade pedinte!... Vamos!... A minha índole melancólica chega a ser rústica! Vejo que o Sr. Ladislau está alegre, e eu a chamá-lo a lembranças pesarosas!...

No decurso da caminhada de um quarto de légua, foi Ladislau contando em miúdos a saída de seu pai para o convento de Vinhais, e a saudade escura dos que ficaram encarando a porta, que se abrira à passagem de um caixão, e logo ao desterrado perpétuo das alegrias desta vida. E o moço, a falar de sua mãe, chorava; que é sabida cousa a facilidade que temos de chorar, quando o amor nos amolece, e, para assim dizer, amima o coração. Sem a presença de Peregrina, Ladislau seria mais insensitivo, mais duro, mais homem. O amor afemina as condições mais viris, e tem feito que as faces queimadas e negras da polvorada das pelejas se orvalhem e brilhem de lágrimas. No ânimo tenro e como infantil do moço de Vila Cova, a bendita influição da meiga menina, que o ia ouvindo e amando, devia de abrir-lhe no peito os condutos todos das lágrimas maviosas. Não sei que mistério santo e dulcíssimo está no falarmos de nossa mãe falecida à mulher que nos bem-quer. Pode ser que venha esta sensibilidade de recebermos de uma o coração que damos a outra. Ou, talvez, seja de nos faltarem carinhos de mãe, e cuidar a gente que a esposa no-los há de reviver.

Subiram os três caminheiros o cerro de uma quebrada, donde se entrevia a casa de Vila Cova, mal distinta do arvoredo de soutos e carvalhais. Neste alo, está um rochedo, a pender sobre uma gruta de laje, ajeitada pela natureza, e conhecida dos pastores como guarida segura das trovoadas.

— Esta lapa convida — disse o vigário. — Sentemo-nos aqui um pouco.

— Minha mãe — disse Ladislau — chamava a esta penedia a sua gruta... Eu ainda lhes não disse que minha mãe era pastora.

— Pastora?! — acudiu Peregrina, com ar de lisonjeira admiração, significando sentir a patriarcal poesia da vida pastoril.

— Olhem se avistam — tornou o moço — pela garganta destas duas quebradas, lá em baixo, uma casa, nas costas de um souto fechado? Ali nasceu minha mãe de uns lavradores remediados; e, logo que teve a idade, tomou conta da rês, e vinha todos os dias com ela para a serra. Aqui no cavo deste penhasco é que ela comia a sua merenda; e, assim que o sol começava a descer, também ela descia ao vale.

— Sozinha? — atalhou Peregrina, com visagem de susto.

— Sozinha com dois cães de gado, os quais, assim que anoitecia, um tomava a dianteira do rebanho, outro ia à beira dela. Muito chorou minha mãe ao morrerem-lhe de velhos os seus cães! Quando vínhamos à igreja, minha mãe sentava-se sempre aí nessa pedra, onde está a Sra. Peregrina, e dizia a meu pai: "Olha, se te lembras, meu santo!" E ficavam-se a olhar um no outro com semblante alegre.

Ladislau cessou de dizer o que quer que fosse que atentamente o padre e a irmã esperavam. Por mais curiosa e lhana, Peregrina perguntou:

— E que seria? Por que lhe dizia ela que se lembrasse?

O moço sorriu candidamente, e continuou:

— Meu pai estudava para padre, e já tinha ordens menores, quando encontrou aqui minha mãe, andando ele às perdizes. Daí a pouco tempo estavam casados. Isto me contaram meus tios. É bem de ver que ela se lembrasse, quando aqui chegava, da primeira vez que se viram, depois que eram grandes. Em pequeninos tinham sido muito amigos; mas, como meu pai desde os doze anos começou a estudar com um tio vigário, e veio habitar na residência de S. Julião, quando se tornaram a ver foi tamanho amor que...

Ladislau susteve-se com feminil pudor.

— E foram muito amigos? — disse Peregrina.

— Tão amigos — respondeu o padre — que se amortalharam ao mesmo tempo. E, erguendo-se, acrescentou: — Ora vamos lá por aí abaixo.

Dali até casa, Ladislau foi contando ao vigário os estudos que tinha feito com seu tio, os livros que lera, e os que mais eram de seu gosto. No tocante ao intento de ordenar-se, nada tinha dito, quando padre João lhe perguntou:

— Segundo me disseram, o Sr. Ladislau está na ideia de ordenar-se?

— Faz hoje um ano que morreu meu tio — disse o sobrinho do padre Praxedes. — Pouco antes de ir a Deus, me disse ele que esperasse um ano inspiração do Espírito Santo. Agora venho eu de orar sobre a sepultura de meu tio, pedindo-lhe...

— Que o alumiasse no difícil trânsito — atalhou o vigário, e ajuntou logo: — E vem decidido a ordenar-se?

Peregrina, que os seguia com alguma distância, como ouvisse aquela pergunta, insensivelmente estugou o passo para ouvir a resposta.

Ladislau respondeu:

— Ainda não.

E, como voltasse o rosto ao padre no ato de responder, e visse os olhos de Peregrina fitos em si, e expressivos de ansiedade íntima, Ladislau recebeu dentro da alma uns tamanhos abalos de alegria que não pôde nunca mais topar delícias comparáveis às daquele momento.

Entraram no quinteiro da casa de Vila Cova.

À porta da corte dos cevados estava uma mulher octogenária, com uma varinha na mão, acomodando os recos, que brigavam em redor da pia[2]. Esta mulher, que tinha setenta anos de serviço em casa dos Militões, quando o amo, Peregrina e o vigário entraram no quinteiro, deixou cair da mão trêmula a varinha, e benzeu-se murmurando: "Em nome da Santíssima Trindade, Padre, Filho e Espírito!"

— Amém — disse padre João.

— Que tem vossa mercê, Tia Brásia?! — perguntou Ladislau.

— Ainda não estou em mim! — respondeu a velha Brásia, caminhando para o grupo, e formando com as mãos um sobrecéu aos olhos para poder enxergar os recém-chegados; e prosseguiu: — Cousa assim! Pois não me havia de parecer agora que via entrar por essas portas dentro... Credo!...

— Quem lhe parecemos nós? — tornou Ladislau.

— Esta moça — tornou Brásia, aproximando-se de Peregrina — pareceu-me sua mãe, que Deus tem; o meu menino parecia-me seu pai, o santinho; e este Sr. Padre dava-me ares do Sr. Reverendo Vigário Praxedes. Estou a vê-los como eram há trinta anos, quando vinham da igreja, depois da missa do domingo, cá jantar à casa!

— Pois repare bem — disse o moço — que somos pessoas

....

2 O leitor provavelmente não encontra no seu dicionário o termo "reco". O povo de Trás-os-Montes, e de sua porção da Beira-Alta, dá aquele nome, cuja etimologia ignoro, aos cevados. Eu leio muito pelo dicionário inédito do povo daquelas províncias, que sabe a língua portuguesa como Fr. Luís de Sousa.

vivas, tia Brásia, e havemos de jantar para a convencermos de que não somos fantasmas.

— Pois sim, meu menino; graças a Deus há muito quê; mas olhe que os servos estão todos por fora, e eu não tenho pernas para andar atrás da galinha. Cozinhá-la cozinho-a eu; mas pilhá-la isso há de ser vossa mercê. E é quem é esta mocinha tão bem posta e ajeitada, benza-a Nosso Senhor?

— É a irmã do Sr. Padre Vigário que está aqui.

— Ah! Este é que é o Sr. Reverendo Vigário? Bem me tinham dito que era ainda muito moço, mas isso[3] não tira. Se a santidade fosse aquela dos velhos, então já eu estava no altar! Deite-me a sua benção, Sr. Reverendo Vigário, e com Deus venha a esta casa donde saíram três santos só dos que conheci. Eu tenho dois carros de anos, aqui onde me vê, sãzinha e escorreita, bendita seja Nossa Senhora (*). Conheci só à minha parte o Sr. Padre Timóteo, o Sr. Padre Heitor, e o Sr. Padre Praxedes, afora o santo pai do meu Ladislau, que morreu com hábito dos missionários de Vinhais.

Ladislau interrompeu Brásia, que ia sentar-se num feixe de vides para mais comodamente contar os sucessos alegres e tristes dos últimos setenta anos da casa de Vila Cova. Pediu-lhe ele com brandura e graça que reservasse para depois do jantar as suas histórias. — Então, vamos para dentro — disse ela –, eu cá vou com a nossa menina mostrar-lhe a casa. Como é a sua graça?

— Peregrina.

— Por muitos anos e bons. Era melhor chamar-se Rosa, que é

---

3 Nas aldeias do norte desta nossa terra tão pitoresca de linguagem, algumas vezes perguntava eu quantos anos tinha tal velhinho, e não entendia esta resposta: "Já passa de dois carros". Vim depois a saber que lá se contam os anos a quarenta por cada carro, por analogia com o carro de pão de quarenta alqueires.

mesmo uma flor; que Pelingrina também é bonito nome. Ora, pois, vá o menino apanhar a ave, que a panela vai já pro lume.

Ladislau e o vigário saíram do quinteiro e entraram na eira onde esgaravatavam as galinhas. No entanto, Peregrina, como a velha se agachasse na lareira para espertar o lume amarroado, pediu-lhe que se assentasse no escabelo e a deixasse a ela cozinhar. Brásia cedeu às instâncias, repartindo o trabalho com a hóspede.

Ladislau entrou na cozinha com a ave, e viu Peregrina com um alguidar no regaço, segando as couves. Estranhou a Brásia o estar a irmã do Sr. Vigário naquele serviço, e a velha respondeu serenamente:

— Ela assim o quer; e bem haja a moça! Estou-me a regalar de a ver! Parece-me mesmo sua mãezinha, quando aqui entrou pela primeira vez. O noivo estava lá no sobrado com os padrinhos e parentes, e ela desceu cá pra cozinha a ajudar as criadas.

— Pois sim — replicou Ladislau –, mas minha mãe era dona da casa, e esta senhora é hóspeda.

— E por que não há de ser dona? Se não o é, ela o será, querendo Nossa Senhora.

Estas palavras avermelharam as faces de ambos, que não puderam suster o relance de olhos que se trocaram.

— Pois então! — continuou a serva, cortando do presunto uma boa talhada. — A vida de padre boa é; mas queira o Senhor que o menino seja padre. O que é preciso é casar, Sr. Ladislau. Deus que lhe deparou esta criatura, lá sabe por que o fez. Vamos; é casar depressa, que eu não quero morrer sem ver gente miúda nesta casa. O menino fez-me cabelos brancos, quando era pequeno (que a falar verdade eu já não tinha cabelo preto nem para uma mezinha). Andava sempre a fugir pros campos, e eu a procurá-lo, e ia dar com ele a caçar grilos à torreira do sol; e de inverno andava sempre por essas fragas acima em risco de malhar aos fundões.

Deu-me que fazer; mas é o mesmo; quero aturar também os seus filhos. Quando eu vim para cá, seu pai tinha cinco anos, e eu dez; se eu morrer, deixando cá um netinho dele, vou contente... Então não dizem nada?

Ladislau, sem a velha dar fé, tinha saído envergonhado, e mais ainda por ver que Peregrina, ao passo que Brásia falava, descia o rosto sobre a hortaliça, voltando-o de modo a não ser visto de frente pelo moço, que por sua parte se estava também escondendo no mais sombrio da cozinha, até encontrar a porta por onde saiu.

O vigário estava esperando Ladislau, na vasta casa da livraria.

Havia muito que ver e admirar nas estantes dos numerosos sábios daquela família. A biblioteca fora principiada no último quartel do século XVI por um padre Vicente Militão, que fora peregrino a Roma, e estivera no concílio tridentino, e lá fora muito aceito, por seu saber e reportadas virtudes, ao santo arcebispo de Braga, D. Bartolomeu dos Mártires. Encadernadas em pergaminho, com o Breviário do Padre Vicente, lá estavam algumas cartas do primaz das Espanhas, cartas magoadas revelando o peso das obrigações prelatícias, e outras mais de folga, datadas do convento de Viana do Minho, onde o humilde príncipe da igreja se fora a descansar, e morrer nas deliciosas "duma estreita cela, paredes nuas, em mesa sem pano, um candeeiro de ferro pendurado de um prego, uma cama de frade ordinário, sem cortina, nem gênero de paramento sobre uma tábua de pinho". Estas palavras de Fr. Luís de Sousa recordava o padre João Ferreira, quando religiosamente deletreava os caracteres amarelados e meio delidos das cartas do arcebispo.

Voltando à livraria, os sucessores de Padre Vicente enriqueceram-na, empregando nela quanto dinheiro podiam amealhar, sem prejuízo dos pobres. Como quer, porém, que o rendimento de sua grande lavra sobre-excedesse o gasto, o remanescente era trocado por livros, enviados à escolha de entendedores monásticos, com quem os padres de Vila Cova, por amor da ciência e piedosamente, entabulavam correspondência.

Os três últimos sacerdotes desta família não tinham comprado livro algum, desde os últimos anos do reinado de D. João V, em que a religião degenerou de sua simplicidade em luxuosa, e, até certo ponto, hipócrita ostentação; e, de mais a mais, os que a tratavam, moral ou dogmaticamente, escreviam-na em linguagem, que não era a de Domingos Feio, Tomé de Jesus, Heitor Pinto, Arrais e Lucena. Para bem aquilatarmos em qual grau de purismo clássico andava a vernaculidade naquela série de padres letrados, basta dizer-se que no frontispício do primeiro volume dos sermonários de padre A. Vieira, um padre Timóteo Militão escrevera: "Também este grande engenho está gafado!" A gafa de que se lastimava o escrupuloso idólatra dos áureos escritores sem liga, era aquele jeito de conceitista itálico-hispano em que o preclaro jesuíta, a espaços, se descuidava na oratória.

Enquanto Ladislau e o vigário se entretêm nestas e semelhantes práticas, ingratas ao leitor de paladar mais delicado, Brásia está assim conversando com Peregrina, ombro a ombro, no escano da lareira, enquanto a galinha ferve:

— Brásia não seja eu, se Deus me não há de ajudar! Lá que os moços se querem, como eu à menina dos meus olhos, isso vou eu jurá-lo sobre umas Horas, sendo preciso! A menina é uma perfeição; o meu Ladislau é aquilo que ali está. Duas criaturas assim já vêm lá de cima talhadas para serem uma da outra; e, quando acertam de se toparem no mesmo caminho, vão ambas pra direita, ou pra esquerda. Não têm remédio senão casarem-se.

— Pois sim — repetia Peregrina o que já havia dito duas vezes: — Ainda hoje nos vimos, e já a Sra. Brásia nos quer ver casados?

— Então a menina cuida que uma pessoa só se conhece por ser vista muitas vezes? Eu ouvia ler a História Sagrada à Sra.

Sebastiana, que sabia ler como um padre, e já lá está na corte dos bem-aventurados... Rezemos-lhe por alma.

A Sra. Brásia rezou alto, e Peregrina mentalmente.

— *Requiescat in pace* — disse a velha.

— *Amen* — respondeu Peregrina, e benzeram-se.

Brásia continuou:

— Pois como eu vinha dizendo, a História Sagrada conta que antigamente um moço saía de sua terra em cata de outra terra, onde estava a noiva, que ele nunca vira. Batia à porta do sogro, pedia-lhe a filha, e casava. Isto é que eram tempos, moça! "O coração não tinha pecado que fosse preciso descobrir com o tempo", dizia o Sr. Padre Praxedes, quando a irmã se admirava de casamentos assim de fugida. Olhe-me bem nisto, que estas palavras têm muito que deslindar. Naquele tempo, a moça casadoura era por dentro como por fora; via-se como à luz do meio-dia o que ela lá tinha no seu interior; agora, pelos modos, é preciso espreitar muito tempo as inclinações das pessoas! O pai do Sr. Ladislau era dos rapazes antigos: viu a menina lá em cima na lapa da Crasta, gostou dela, tornou lá a saber se ela o queria, foi às Chãs aonde ao sogro; e, daí a dias, já ela aqui estava a encher esta casa de satisfações. É como foi, e é como há de ser! Senhor Jesus do bom despacho, não me deixeis ficar mal!

Ladislau e o vigário, chamados pela velha, desceram à cozinha, onde estava posta a mesa. Jantaram alegremente e de vontade. Os dizeres de Brásia, tendentes todos ao casamento, assazoavam as singelas iguarias do vigário, que, pondo os olhos, quer na irmã quer em Ladislau, reparava na gravidade com que em silêncio escutavam as facécias da inquebrantável velhinha.

— Será possível que...

Disse entre si padre João, e cuidou ler no rosto do hóspede e no rosto da irmã esta resposta:

— É possível, e é certo.

Findo o jantar, saíram a tomar o sol na eira.

Brásia, porém, puxou da batina ao vigário, chamou-o de parte, e disse-lhe:

— Deixe-os lá...

Padre João não achou que responder à velha, e fez menção de seguir sua irmã, que o estava esperando.

— Não vá sem me ouvir duas palavras, Sr. Reverendo Vigário. Sente-se neste tamborete, que eu vou dizer aos moços que vão à sua vida, e nós lá iremos ter.

O diálogo deteve-se boa meia hora. Depois saíram à eira; e o padre levava amparada no braço a velha, que jogava dificilmente os joelhos.

— Ora diga-me o que eles estão fazendo, que eu já não enxergo nada — murmurou a velha.

— Ladislau está apanhando flores na ribanceira.

— Vê? — acudiu Brásia — Que lhe disse eu? Flores são amores... E ela que faz? Não anda também às flores?!

— Não, tia Brásia. Está sentada.

— A enfiar algum anel de miçanga?

— Também não.

— Não? Então é uma ingrata. Vou ralhar com ela.

E, acercando-se com extraordinária presteza de Peregrina, disse-lhe em tom de graciosa severidade:

— Vá fazer também um raminho, ande, menina, e dê-o ao Sr. Ladislau.

Peregrina pôs a vista tímida no irmão. O vigário fez um gesto de consentimento. Ergueu-se ela a colher umas enfezadas flores silvestres e inverniças que se definhavam entre os silvedos, e Brásia, ao mesmo tempo, dava umas palmadas e trejeitava uns saltinhos de cegonha, muito para riso, se não justificassem a alegria que lhe acriançava os oitenta anos. Santa criatura para namorados era aquela Brásia! Estar ela dizendo tudo que eles queriam dizer-se; fazer-se língua de corações à hora em que nem os próprios donos saberiam articular a linguagem deles; obrigar Peregrina a colher folhes, quando a moça estava perguntando a si própria se parecia mal colhê-las e oferecê-las! E hão de rir-se pessoas, que amaram ou amam, da velhinha que tudo aquilo fez com tanto siso e propósito e angélicas intenções!

Peregrina deu as suas flores a Ladislau, e recebeu o ramilhete dele. Qual dos dois tinha coração mais feminil? Pelo rubor da face não havia estremá-los.

— Onde iria a tia Brásia? — perguntou o vigário, vendo-a sair açodada e regamboleando as rebeldes pernas pela eira fora.

A velha pouco se deteve. Chegou esbofada. Chamou departe Ladislau, e disse-lhe de modo que o vigário e a irmão ouviram:

— Esta argolinha de ouro deu-a seu pai à mãezinha na véspera de se casarem, e já foi de sua bisavó. Aqui a tem. Vá dá-la à sua noiva, senão levo-lhe eu.

Ladislau ficou atônito e imóvel. O vigário sorriu, e disse à velha:

— Sra. Brásia, vossa mercê está sonhando um alegre sonho. Deixe ver se o tempo, com a vontade de Deus, confirma os seus bons desejos, que serão também os meus.

Ladislau, como levado de insuperável força, avizinhou-se de Peregrina, e ofereceu-lhe o anel. O vigário, abalado e comovido pela ação inesperada do mancebo, tomou a mão convulsa de sua irmã, e vestiu-lhe o anel. Depois, apertando nos braços o noivo de Peregrina, exclamou:

— Pois não é um sonho?

Acudiu Brásia:

— Qual sonho?! O que eu quero é os primeiros banhos apregoados no domingo; e de hoje a um mês esta menina é minha ama.

— Sua amiga, sua filha! — disse Peregrina abraçando-a.

Assim foi. Na quarta dominga seguinte receberam as bênçãos estas duas criaturas preordenadas para a felicidade da terra e céu.

Os casamentos, que Deus escolhe, são assim determinados com uma singeleza, copiada dos tempos vizinhos da criação de varão e fêmea, como entes necessários a si, e de repente identificados por unidade insolúvel de almas. E então era o viverem tão sós e um, como quem de uma só vida tinham de prestar contas ao juiz supremo.

A mim parece-me que o casar-se a gente devia ser como Ladislau e Peregrina. Andar anos com o coração em ânsias é desvigorizá-lo para quando ele é mais necessário. Pelo ordinário, os noivos que se amam longo tempo, casam-se quando o mais fino da sensibilidade está desgastado na abstração e na quimera.

IV

OUTROS AMORES

No dia imediato ao das bodas, o saudoso vigário fora passar a tarde com sua irmã, que o viera esperar com o marido ao rochedo da Crasta.

Ao entardecer, quando o padre se despedia, chegou um portador da residência com uma carta para Peregrina.

— Para mim?! — exclamou ela duvidosa.

— E a letra da Sra. D. Cristina — disse padre João.

— Ela está lá — acrescentou o portador.

— Ela quem? — acudiu Peregrina.

— A fidalga que escreveu a carta.

— Que novidade é esta?! — disse o vigário, abrindo e lendo.

— Lê alto, meu irmão! — disse Peregrina impaciente.

E o padre continuou a ler mentalmente, dobrou a carta, embolsou-a na sotaina, e disse ao portador:

— Vai indo, que eu lá vou ler. E, depois que o criado saiu, murmurou com mui entranhada mágoa:

— Eu pressagiei esta desgraça!

— Desgraça! — exclamou Peregrina. — Que é, meu João?

O padre, voltado a Ladislau, disse:

— A senhora, que escreve a minha irmã, é a filha mais nova de meu padrinho e benfeitor. Lê tu, Ladislau, e minha irmã que ouça.

Ladislau leu:

"Peregrina. Pela carta de teu irmão ao papá sabíamos que ias casar; mas não cuidei que fosse tão depressa. Cheguei aqui a buscar o amparo de teu irmão e o teu. Felizmente estais perto, e sei que vireis em meu socorro. Eu venho fugida, e comigo vem o homem que amo, e a quem meu pai me negou, sem compaixão das minhas lágrimas. Vimos rogar a teu bom irmão que nos receba, e legitime a nossa união. A pobreza não nos aterra. Logo que estejamos casados, teremos força do céu para suportarmos todos os trabalhos. Vem, se podes, com teu irmão para me ajudares a vencê-lo, se ele resistir ao sagrado dever de nos abençoar este amor, que não deve ser a nossa perdição. Tua amiga Cristina".

— E vais casá-los, não é verdade? — exclamou a comovida senhora.

— Não é verdade — respondeu friamente o sacerdote.

— Como?! — tornou Peregrina. — Não os casa?

— Não. A filha desobediente não acha onde quer um ministro do Evangelho que lhe galardoe a rebelião contra seu pai. A lei de Deus diz: *Honrarás teu pai e tua mãe;* a lei eclesiástica diz ao cura d'almas: *não casarás a menor sem consentimento de quem a governa, ou ordem superior do teu prelado.* Eu vou sair.

— Eu também vou... — disse Peregrina.

— Não vais — replicou o vigário. — Estás ao lado de teu marido, e Cristina aparece-te ao lado dum homem que... não lhe é nada.

Peregrina baixou os olhos, e Ladislau disse:

— Tu ficas; eu é que vou. Manda aparelhar a égua, que a filha do teu benfeitor virá comigo. A esposa lançou-se nos seus braços, e clamou:

— Tu vais buscar a infeliz menina?

— Pois se ela é infeliz!... — murmurou Ladislau.

E saíram.

Cristina estava à janela do sobrado da residência, quando o vigário e o cunhado chegaram.

Era noite muito escura.

— Estás aí, Peregrina? — perguntou ela.

— Não está, minha senhora — respondeu o padre. — Está o marido de minha irmã.

A secura da resposta intimidou Cristina. E, receosa, voltando-se a um moço de boa presença, disse: "Enganei-me, Casimiro; o padre não nos recebe".

O vigário entrou na saleta, seguido de Ladislau. Cortejou com mui respeitosa reverência a filha do seu benfeitor, e levemente o cavalheiro, a quem chamou Casimiro Betancur. Depois disse:

— Vi a carta que V. Ex.ª escreveu a minha irmã. Peregrina não veio, por ser inteiramente inútil a sua vida. Eu não posso sem autorização canônica e civil ligar matrimonialmente V. Ex.ª com este senhor.

— Eu vinha tão confiada na sua bondade... — disse Cristina, retraindo os soluços sem reter as lágrimas.

— Em minha consciência — tornou o vigário — digo que o mais prudente e urgente ato neste desgraçado sucesso é casarem-se; mas eu não posso fazê-lo...

— E então — atalhou Casimiro Betancur — um sacerdote

de Cristo assim nos abandona, como quem diz: "Sede criminosos e infames à vossa vontade..."

— Não, senhor. O sacerdote de Cristo faz, nestes casos, o que faria qualquer homem de boas entranhas. Irei pedir ao Sr. Rui de Nelas consentimento para salvar sua filha da continuação do crime e da infâmia.

— Meu pai é inexorável! — acudiu Cristina.

— Não pode ser — disse Ladislau. — Um homem, que amparou e educou dois filhos desvalidos dum seu caseiro, não pode ser impiedoso com sua filha.

Minha senhora, peço licença para interpor o meu parecer numa questão em que minha mulher não é estranha, e eu também não posso sê-lo. Ela não veio; mas encarregou-me de vir aqui oferecer-lhe nossa casa; e, tão certa está de que V. Ex.ª nos honra em aceitá-la, que já vim preparado para a condução de V. Ex.ª.

— Pois hei de eu ir!... — exclamou Cristina, encarando ansiada em Casimiro.

— O Sr. Casimiro fica sendo meu hóspede — respondeu o vigário.

— Separados! — bradou ela, rompendo contra todos os estorvos do pudor, e abraçando-se em Casimiro.

— Não! — clamou ele. — Cristina, sacode os teus sapatos fora desta porta, e vamos ao nosso destino.

— O agravo não me fere, que o não mereço, senhor! — disse placidamente o vigário. — Eu convido o Sr. Casimiro a ser meu hóspede, enquanto se solicita a licença do pai desta senhora. Se lhes é dolorosa esta separação temporária, Deus permitirá que os retornos de contentamento a façam esquecer. Sofram alguns dias para merecerem o prêmio. Eu não posso implorar o perdão para a desobediência, alegando que os fugitivos permanecem em criminosa união. Há o recurso da mentira; mas eu não sei mentir. Despeçam-se para um dia, que breve virá, se Deus nos ouvir. O Sr. Casimiro, que me aplicou as palavras de Jesus aos apóstolos, mostra que lê e sabe os livros da religião. Seja, pois, religioso: peça conosco ao Senhor que lhe despache em bem o seu requerimento.

Casimiro apertou a mão de Cristina, e disse:

— Vai, e esperemos.

— E esperemos — acrescentou o padre — porque, a baldarem-se os nossos bons intentos, quem lhes há de empecer ajuntarem-se? O mundo, quando vê dois desgraçados, deixa-os passar, e vinga-se. Se o mundo é justo, não o direi eu: vingança justa creio que não há nenhuma aí. O inverso da caridade é a vingança. Tenham valor, que se o não têm, são mais que fracos, desconfiam do poder de Deus, e da sua própria fidelidade um a outro.

— Adeus! — balbuciou Cristina, sufocada de suspiros. Casimiro beijou-lhe a mão, dobrou o joelho, e disse:

— Se te fiz desgraçada, perdoa-me.

Ladislau, debulhado em lágrimas, abraçou Casimiro, e exclamou:

— Sou seu amigo! O senhor ama deveras esta menina!

— Eu sei que se amam! — disse o vigário — por isso serei parte, quanto em mim couber, na sua boa fortuna.

— E eu não?! — disse com veemência o de Vila Cova.

— Tu também, meu irmão. Ajudar-me-ás com os teus conselhos, porque no teu coração tenro está a sabedoria dos virtuosos, que te educaram.

— Não fomos infelizes, Cristina! — clamou Casimiro. — Aqui estão conosco duas generosas almas. Vai, minha amiga!

— Venha — disse Ladislau — que minha mulher está pedindo a Deus que vamos.

Já não choravam ao separarem-se.

Cumpre narrar, o mais breve que ser possa, os antecedentes desta fuga.

De uma família pobre de Pinhel saíra em 1814 um mancebo a assentar praça no regimento de cavalaria de Bragança, onde serviu até furriel. De Bragança passou para Lisboa em 1815. Aqui seguiu os postos até que fez a campanha do cerco do Porto, já major do exército sitiante, e aí morreu na última batalha. Este militar era pai de Casimiro Betancur.

Casimiro sabia que nascera em Lisboa em 1816, e não conhecia sua mãe. Com referência ao nascimento, apenas possuía a página de uma velha carteira, que dizia: "Meu filho Casimiro nasceu em 15 de janeiro de 1816; foi batizado em S. Domingos de Santarém, aos 22 do mesmo mês. Foi criado no Cartaxo, donde saiu em 1820. Entrou no Colégio dos Nobres em 1825. Tenho pago todas as prestações até hoje 31 de dezembro de 1830". Em nenhum outro caderno de apontamento encontrou indícios de sua mãe; nem das muitas cartas que seu pai deixou esquecidas num baú de folha pôde coligir quais pertencessem a sua mãe. As que tinham data eram quase todas muito posteriores ao seu nascimento. Apenas duas assinadas com a inicial E, posto que sem data, queria e conjeturava ele que fossem de sua mãe; este querer fundava-se um pouco em vaidade, e muito em presságio, como depois se verá.

Morto o pai, e transvertida a ordem política, claro é que o jovem aluno do Colégio dos Nobres havia de sair entre dezesseis e dezessete anos de idade, desvalido, desconhecido, e indiferente a toda a gente. Dos sabidos amigos de seu pai, uns tinham morrido, outros emigrados, e outros esmolavam.

Sabia Casimiro que seu pai nascera em Pinhel, e se correspondia com sua irmã, a largos espaços. Achou as cartas assinadas por uma Mariana de Betancur. Escreveu, ao acaso, à senhora daquele nome, ou ao nome daquela senhora. Responderam-lhe que sua tia tinha falecido em 1832. A pessoa, porém, que respondia, era o viúvo, carpinteiro de seu ofício, bom homem que lhe oferecia sua pobre casa, e metade de suas sopas.

Obrigado a optar entre a fome e as sopas do artista, Casimiro foi para Pinhel, auxiliado pela esmola dum condiscípulo, filho dum brigadeiro liberal, camarada do finado major antes de 1828.

O artista redobrou de trabalho para não obrigar o sobrinho de sua mulher a pegar da serra e da enxó. Comprava-lhe vestido à feição do que usavam os moços remediados, e esperava que seu compadre Rui de Nelas — padrinho dum filho que mandara para o Brasil, quinze anos antes — cedo ou tarde conseguisse algum decente emprego para Casimiro.

O fidalgo admitia à sua casa e presença o moço, em atenção ao pai, que morrera fiel à justa causa, como honrado e bravo. As filhas do fidalgo achavam-no distinto, delicado, bem-falante, e divertido, quando a tristeza, a dolorosa introversão, o deixavam dissimular contentamento que o pobre, a bem dizer, nunca sentiu deveras. Rui de Nelas mostrava desejos de lhe abrir a carreira da independência. Aos dezenove anos, Casimiro pensava em ser soldado; o fidalgo, porém, queria que ele fosse padre com um patrimônio fantástico, e o carpinteiro inclinava-se ao generoso parecer de seu compadre.

Sacerdote é que não! Casimiro amava Cristina. Cristina ia chorar com ele, e sabia em que sombras de árvores, ou margens de ribeiras o moço ia chorar.

E ela ia, tremendo de medo e paixão, e a pedir resguardo às asas dos anjos, buscá-lo onde ele estivesse. Tremia, mas não corava de pejo. As flores, que a viam, invejavam-lhe a pureza. Arquejava-lhe o seio cansado de retrair-se: cuidava a doce criatura que o espirar alto a denunciava. Era o ofegar daquele seio como o da avezinha ansiada, que busca, de fronde em fronde, o ninho que lhe desfizeram. De longe o antevia pelos olhos da alma. As lágrimas têm seu odor: só lhe não pressentem os que as deixam gotejar sem misericórdia, sem dó.

E quem havia de ter pena do sobrinho do carpinteiro, a não ser ela, que o entendera ao primeiro instante de ser amada, e ao mesmo raio ardente se queimara, e, se o timorato moço esmorecia de medo ou pejo, era ela quem o acoroçoava e levantava do seu abatimento?

Excetuada a cúmplice deste enorme crime — o enormíssimo crime de erguer homem pobre olhos afetuosos à filha de um Rui de Nelas Gamboa de Barbedo — o restante do mundo seria contra ele, se pudesse adivinhá-lo.

Adivinhava-o o padre João Ferreira, quando voltou de tomar as últimas ordens. A Casimiro disse:

— Subjugue o coração enquanto é tempo. Tenha sempre diante de seus olhos os benefícios que deve ao Sr. Rui. Recompensar-lhes com desgostos será crueza e indignidade.

Casimiro não respondeu. O amor, aos dezoito anos, quando é surpreendido, não sabe mentir.

A Cristina disse o padre:

— A maior prova de estima, que V. Ex.ª pode dar a Casimiro, é desviá-lo de si. Dos dois há de ser ele o mais desgraçado. Na sua idade, menina, o amor é sempre uma criancice, e como criancice se esquece quando é contrariado; porém, a primeira afeição do moço pode ser a última e volver em desgraça irremediável.

— Quem sabe? — disse Cristina com pueril audácia e destemor.

— Eu não sei senão que V. Ex.ª está amando um homem que seu pai repulsará de casa, logo que desconfiar de tão estranhas inteligências. A menina será perdoada como inocente, e ele perseguido e castigado como vilão. Como penso que assim vem a acontecer, entendo que o seu amor será funesto ao pobre órfão. Seria querer-lhe muito desenganá-lo.

Observou padre João que as duas cegas criaturas, depois do aviso, praticavam como se, em vez da censura, recebessem louvores. Buscavam-se mais, escondiam-se menos, e, de dia para dia, pareciam ir declarando a toda a gente o seu amor, como se contassem com o apoio do fidalgo.

Rui de Nelas chamou o padre e disse-lhe:

— Ó afilhado, tu não desconfias de nada?

— A qual respeito, meu padrinho?

— Que minha filha Cristina olha o Casimiro de certo modo?

— Pode ser que V. Ex.ª se não tenha enganado. Eu suponho que se estimam; e meu padrinho não podia embaraçá-los de se estimarem.

— Essa não me parece tua! — exclamou o fidalgo. — Não posso embaraçá-los?! Então quem é que pode?

— Ninguém, meu padrinho: o tempo é que corrige estes defeitos do coração humano. Deixe V. Ex.ª em silêncio a suspeita, que eu tomo a meu cuidado o descanso de V. Ex.ª.

— Nada de panos quentes! — bradou Rui de Nelas. — Casimiro vai ser posto fora desta casa, e talvez de Pinhel. É assim que ele me paga? É-me bem feito! Muito bem feito! Não seja eu tolo de estar aqui de braços abertos para receber desgraçados, que afinal...

Padre João esperou que seu padrinho desabafasse a sua ira, e disse com humilde e pacato ânimo:

— Sou eu um dos desgraçados que V. Ex.ª recebeu nos braços abertos para todos; o que posso dar em troca de tantos benefícios é a lealdade do meu coração, o meu leal aviso em coisa tão melindrosa. Se V. Ex.ª perseguir Casimiro, a Sra. D. Cristina, se já o ama como creio que sim, amá-lo-á mais depois. Conheço de fundamento a índole desta menina, e algum tanto a de Casimiro. Este moço tem espíritos de condição muito altiva, que se revoltam contra a baixeza em que o lançou a desfortuna. Por vezes me tem falado do seu futuro com uns raptos de visionário, que me fariam rir, se me não compadecessem. Pressagia-se brilhantes destinos, e esquece-se de que o honrado carpinteiro está a suar para que ele se não avilte no trabalho incompatível com as suas imaginações. Enquanto à Sra. D. Cristina, é minha opinião que esta menina desobedece o raciocínio, e à força, se lhe impuserem. Sabe V. Ex.ª que, de todas as suas filhas, esta foi a mais remissa em aprender o pouco que sabe, sobejando-lhe talento para muito. Observei que uma palavra áspera me afugentava por oito dias, e transtornava todo o anterior aproveitamento. Argumentado destas coisa simples, por analogia, todas me levam a crer que o emprego de providências enérgicas dará mau resultado.

— Qual?! — atalhou o fidalgo.

— Uma fuga, uma vergonha.

— Tu pensas isso, João?!

— Ousaria eu dizer a meu padrinho o contrário do que penso?!

— E os ferrolhos dos conventos para que se fizeram?

— Para as freiras estarem seguras da inviolabilidade de suas pessoas.

— E para as filhas rebeldes.

— A rebelião continua nos conventos, a rebelião do espírito, contra a qual não prevalecem os ferrolhos.

— Veremos.

— Seria acerto não experimentar, meu padrinho.

— Então que queres tu que eu faça?! Deverei casar minha filha com o sobrinho do carpinteiro?

— Não, senhor. Penso que V. Ex.ª, simulando inteiro desconhecimento do que se passa, deve favorecer Casimiro para que ele siga a vida militar que deseja.

Agora! Agora que ele ousou pôr olhos em minha filha! O ingrato! Pois não! Vou eu mesmo agora estabelecer-lhe mesada em

Coimbra ou Lisboa para ele se formar em matemática, e namorar-me de lá a filha! Estavam bem aviados os pais, se tivessem de mandar a Coimbra os maltrapilhos que lhes requestam as filhas! Não haveria aí aprendiz de sapateiro que se não fizesse galã das herdeiras ricas! Ora, Sr. Padre João Ferreira, outro ofício! Não sei em que livros e em que terras tu foste estudar e experimentar semelhantes desconchavos. Eu consultarei o meu travesseiro...

— Deus responda às suas consultas, meu padrinho — disse o padre, enquanto o fidalgo lhe voltou as costas.

No dia seguinte, às cinco horas da manhã, já o fidalgo estava a pé, e abria subtilmente a janela do seu quarto sobre o jardim cujo muramento partia com a rua. Viu ele Cristina sair ao terreiro pela porta da cozinha, atravessar as aleias de amoreiras, destrancar um postigo de comunicação com a estrada, e debruçar-se ao peitoril. Desceu Rui de Nelas, de manso, ao jardim, e ia já em meio, quando a filha deu tento da espionagem. Soltou um ai; mas de turvada que ficou, nem aviso deu a Casimiro. O pai apertou o passo, correu impetuosamente ao postigo, e viu o moço quieto e sereno como se a surpresa fosse um gracejo de futuro sogro, que se entretém a fazer foscas ao futuro genro, muito do seu agrado.

Não assim Cristina, que, passado o momento do espasmo, dobrou o joelho e balbuciou:

— Meu pai, eu é que sou a culpada!

Não atendeu, nem acaso ouviu estas vozes o fidalgo. Inclinou-se à estrada, e exclamou:

— Vá lá contar a seu tio carpinteiro a maneira como vossa mercê pagou a hospitalidade que lhe dei! E não me torne a rondar a casa, que não vá algum dos meus criados apalpar-lhe as orelhas!

Fechou-se o postigo com estrondo. Aquelas palavras continuaram a martelar nos ouvidos do moço, que levava as mãos à cabeça, como para não ouvir. Pensou em se matar, exceto os bons cristãos, os felizes e os tolos, que não são cristãos nem felizes, nem precisam ser senão tolos para viverem e até sobreviverem a si próprios.

Caminhou às cegas por uns trilhos de cabras, que se aplanavam numa chã, arborizada de sobros, onde padre João regularmente amanhecia com seus livros de teologia moral ou história eclesiástica.

Casimiro viu-o, correu a ele, e exclamou:

— Valha-nos!

O padre recebeu-o nos braços, e ouviu o acontecido.

— O remédio virá do céu — disse ele. — Não sei que lhe faça, a não querer receber-me um conselho. Espere, sofra, conforte-se, ore, e humilhe-se: não sei que mais lhe diga.

Casimiro de Betancur, ao anoitecer desse dia, adormecera com a face encostada a uma pedra: era a letargia da fome, da fadiga e da desesperação.

Não orara.

VEREDAS PENHASCOSAS

Rui de Nelas, contente do feito, mas não seguro ainda, cismava na escolha do convento em que devia encerrar Cristina, quando o padre João Ferreira chegou de dizer missa. Chamado a dar seu voto, o sacerdote respondeu que obedecia, mas não aconselhava; que iria onde S. Ex.ª o mandasse negociar a reclusão de D. Cristina, mas declinava de si o mínimo da responsabilidade em uma violência, sobre inútil, perigosa.

Exagitado pela cólera, o fidalgo foi de encontro à prudência do padre com termos rudes; mas a humildade do servo paciente despontou-lhe as iras, e introverteu-lhes no seio em arrependimento. Rui quase lhe suplicou o seu voto. Padre João repetiu o que dissera, e contou a situação em que deixara Casimiro Betancur. Outra vez se irou o fidalgo, ouvindo o tom lastimoso com que o padre falava do filho do major; porém, não sabemos dizer por quê, marejaram-se-lhe de lágrimas os olhos, quando o clérigo disse:

— Agora vou ver se encontro o desgraçado aí pela serra, que não vá ele tentar contra a vida, e, matando-se, legar a V. Ex.ª uma tristeza pesada demais para seus anos e sua nobre alma.

Saiu o padre, e, ao anoitecer, encontrou Casimiro deitado na terra úmida, com a cabeça na pedra, e o rosto chamejante de febre. Agitou-o, ergueu-o, amparou-lhe os passos, até o trazer à estrada, e daí quase em braços a casa do carpinteiro.

Conversaram até altas horas da noite. Casimiro ouviu as últimas palavras do padre, e disse:

— Farei a sua vontade.

A vontade do padre João era que ele saísse de Pinhel, e fosse a Bragança assentar praça. A resistência de Casimiro fora pertinaz, até ao derradeiro golpe, que o padre lhe descarregou, dizendo que a demora dele em Pinhel seria causa à clausura de Cristina. Casimiro sentou-se no catre, embebeu o suor frio da face na dobra do lençol, e exclamou:

— Irei.

E foi cinco dias depois, caminhando de Bragança; mas, ao fim do primeiro dia de jornada, adoeceu perigosamente. O sangue refervido no peio principiava a vulcanizar-lhe a cabeça. Deram-lhe uma enxerga numa taverna de Escalhão, e um padre, que, em virtude de o ter confessado e ungido, pôde saber que o viandante era de Pinhel, e se chamava Casimiro Betancur.

O carpinteiro ergueu mão do trabalho, embolsou as economias do seu mealheiro, e foi caminho de Escalhão. O anjo do amor estava à cabeceira do enfermo repelindo a morte. O coração repuxara a si a onda escaldante de sangue, que banhara o cérebro, e espedaçava-se para deixar ressurgir a razão. O artista esteve nove dias e nove noites ao lado de seu sobrinho. Quando lhe acabaram os escassos recursos, que levara, empenhou a cruz de prata, que trazia ao peito; e pediu primeiro ao Crucificado que lhe desse a vida do sobrinho de sua mulher.

Ao décimo dia, o carpinteiro construiu uma camilha num carro de lavoura, e Casimiro, convalescente, foi transportado a Pinhel.

Rui de Nelas e suas filhas, tirante Cristina, passeavam numa alameda fora da povoação, quando o carro chegou. O carpinteiro, que caminhava lentamente após o carro, descobriu-se, à vista do fidalgo, e disse:

— Guarde Deus a V. Ex.ª, Sr. Compadre.

— Que levas aí, Antônio? — disse o fidalgo.

— É meu sobrinho.

— Teu sobrinho? Disseram-me que tinha ido assentar praça. Querem ver que ele foi ferido em alguma batalha?!

— O Sr. Compadre está a mangar com os pobres!... — respondeu o carpinteiro com um sorriso mais de pungir que propriamente a injúria.

Neste lanço, Casimiro Betancur afastou a ourela da manta, que formava o pavilhão do carro, pôs fora o rosto macerado, e disse:

— Sr. Rui de Nelas, quem me feriu na batalha foi a espada da honra. Agora vou eu travar uma batalha com o orgulho de V. Ex.ª: veremos quem é o vencido.

— Ora, sor Casimiro! — replicou o fidalgo, galhofando sarcasticamente. — As suas ameaças têm muita graça... Passe muito bem.

E prosseguiu no passeio, chibaltando, com ares de Tarquínio ou Pombal, as florinhas que se abriam por entre o ervaçal que arrelvava a alameda.

— Chama lá os bois, moço! — disse o artista ao carreiro.

Cristina, encerrada voluntariamente em seu quarto, nem de suas irmãs era já bem-vista. As outras senhoras, como isentas e intactas de coração, conservavam os espíritos excelsamente afidalgados, e levavam muito a mal que sua irmã as quisesse aquinhoar no desdouro dum casamento desigual. O fidalgo obrigava Cristina, nos primeiros dias, a tomar o seu lugar na mesa comum; como se visse, porém, que ela escandalizava a família com suas lágrimas, ordenou que lhe levassem as criadas os alimentos ao quarto. E assim se finava a pobre menina, desconsolada de voz humana, e descrida da misericórdia divina.

Peregrina, a sua confidente, a sua alegria, tinha ido com o irmão para S. Julião da Serra. Queria escrever-lhe; mas que portador ousaria levar-lhe a carta? Pensava em fugir para ela; mas com quem, com que recursos? A não ser ela, quem faria chegar às mãos de Casimiro as suas cartas, o adeus supremo de sua alma, ao arrancar da vida? Respondia-lhe o calado pavor da soledade ao aflitivo interrogatório, em que se debatia, e já por fim, desesperava.

Havia na casa um criado moço, que Casimiro Betancur ensinara a ler nas horas feriadas dos domingos. Nunca os dois namorados fiaram dele segredos seus; mas o muchacho, que era atravessado, adivinhava o que não via, e espreitava para examinar se tinha adivinhado.

Soube ele que o seu mestre de leitura chegara doente num carro, viu que o fidalgo e as meninas andavam a passeio, foi de corrida a casa, bateu de mansinho à porta do quarto de Cristina, e disse-lhe pelo espelho da fechadura:

—Fidalga, o Sr. Casimiro chegou agora doente num carro.

Cristina expediu um grito, e abriu a porta.

— Vem cá! — disse ela ao rapazito, que se ia escapulindo. — Que disseste? Viste o Cr. Casimiro?

— Vi-o descer do carro nos braços do tio Antônio carpinteiro. Vem amarelo como uma cidra.

— Tu és nosso amigo, José? — perguntou ela ofegante.

— Sou, sim, senhora.

— Leva-lhes um bilhete?

— Dê-o cá, fidalga.

— Espera, que eu vou escrevê-lo... O melhor é tu ires esperar no pátio, que eu lanço-te da janela, que não vá ver-te alguém aqui no corredor.

O mocinho esperou um quarto de hora, e levou a carta a Casimiro, que respondeu logo.

Este rapaz de nove anos faz lembrar o mosquito que matou o leão, e o braço fundibulário que derribou o gigante. Aí estão a vigilância e onipotência de Rui de Nelas Gamboa de Barbedo, senhor solarengo mais velho da Beira Alta, aniquiladas pela intervenção do pegureiro, que o senhor feudal nunca distinguia dos carneiros que apascentava!

O efeito das primeiras cartas foi uma transfiguração maravilhosa no semblante de Cristina e Casimiro. Já ela punha as mãos e ajoelhava a orar: é certo que, pelo ordinário, atribuímos ao demônio o mal acintoso, que o mundo nos faz, e agradecemos a Deus o bem casual ou intencional que nos faz o mundo. Tudo isto redunda em elogio de Deus e nosso.

Rui entrou pensativo em casa, dizendo entre si: "Mal fiz em a não meter no convento; mas ainda não é tarde".

Mandou vir à sua presença os criados e criadas, exceto José pastor, como lhe chamavam. O rapazito ainda não gozava honras de criado apelável para assunto grave. Declarou o fidalgo que faria entrar numa cadeia o servo ou serva que levasse ou trouxesse cartas entre sua filha e Casimiro. Os criados inocentes e impecáveis nesta matéria — por isso que zelavam a fidalguia de seu amo contra o plebeísmo do sobrinho de mestre Antônio — juraram de espreitar os passos de Casimiro, e, em testemunho de sua probidade, ofereceram-se a quebrar-lhe as costelas, sendo necessário.

Rui de Nelas despediu-os satisfeito, e disse entre si: "Tanto faz tê-la fechada em casa, como no convento. Parece-me até que está mais segura aqui."

José pastor ouviu a criadagem na cozinha discorrer acerca da recomendação do fidalgo, e fez que não entendia. Daí a pouco, andava ele no pátio a escrever com um pau carbonizado o seu nome nas lajes polidas, e de vez em quando olhava, por debaixo do avental de saragoça, contra a janela de Cristina.

Viram-se. E ele escreveu a palavra *carta*, olhando de revés e indicativamente para a menina. Fez ela um gesto de inteligência, e ele aspou a primeira palavra com os pés; escreveu noutra laje: *telhado*. Outro sinal de compreensão, e logo outra palavra: *torre*, e depois *trapeira*.

Queria isto dizer que ele ia ao postigo de uma espécie de pombal que lá chamavam *torre*; que lançava de lá a carta ao telhado; e que fosse Cristina à trapeira, superior ao seu quarto, e colhesse a carta.

Saiu-se excelentemente com a traça, e até sobre-excedeu o programa; porque a menina, recebendo uma, atirou outra carta à base da torre, e o rapazinho, que era ótimo volatim em esgalhos de árvores, pendurou-se pelos pés no banzo do postigo, e com o troço de uma aguilhada de seu uso pastoril arpoou o papel. Estas habilidades é que Casimiro Betancur lhe não havia ensinado com as primeiras letras. Se a instrução primária lhes desenvolveu, isso é matéria para mais dilatadas e oportunas pesquisas.

Aligeirando o alcance destes sucessos, até ao ponto em que os deixamos na vigararia de S. Julião da Serra, direi que a fuga estava pactuada desde as primeiras cartas que se trocaram. As apostilas subsquentes versavam sobre qual caminho e destino convinha seguir. Casimiro lembrava-se do condiscípulo de colégio a quem devia favor de dinheiro com que jornadeara de Lisboa a Pinhel. Presumia ele que, se fugissem para Lisboa, e procurassem aquele amigo, achariam protetor para alcançar-se um emprego. Mas um fio de espada lhe cortava por alma e coração, quando a névoa negra da pobreza se lhe punha diante da esplêndida aurora do seu dia feliz. Quem lhes daria meios para caminharem até Lisboa?

Como adivinhando esta pergunta, Cristina propunha que fossem a S. Julião da Serra, casassem lá, e pedissem ao padre João recursos para fugirem à perseguição, até que Deus lhes acudisse.

Nestes dias revezados de alegrias e amarguras, para eles, que já tinham aprazado o da fugida, o carpinteiro recebeu carta do filho, estabelecido no Brasil, e o primeiro donativo de dinheiro. Quando Casimiro viu ouro em mãos de seu tio, apertou o artista ao seio, e disse-lhe com os olhos cheios de esperança e lágrimas:

— Empreste-me parte deste dinheiro, que é o preço da minha felicidade.

— Se é o preço da tua felicidade, aí o tens todo — respondeu o carpinteiro, lançando as peças sobre a mesa.

— Menos da metade me basta — replicou Betancur.

— Pois toma daí o que quiseres; mas conta-me o que vais fazer.

Casimiro, temeroso da probidade de seu tio, nunca lhe havia revelado o plano de rapto. Prudente receio era o seu. Mestre Antônio, bem que estomagado das soberbas de seu compadre, não consentiria que seu sobrinho o vingasse por semelhante meio. A ida de seu filho para o Brasil devia-se em parte à generosidade do seu padrinho, que lhe dera enxoval e algum do dinheiro da passagem. O mesmo fidalgo o ajudara a comprar o fato de Casimiro, sem querer que o moço soubesse a obrigação em que ficava. Mestre Antônio, além disto, reprovava o ousio de seu sobrinho em inquietar uma menina talhada para marido de outra linhagem e haveres. Não dominava ainda naquela época a aristocracia das artes, inchada hoje com uns descomedimentos de orgulho, que prevalecem propriamente sobre os da aristocracia de nascimento; de modo que a gente sisuda lastima que o artista não seja bem-criado para sustentar o seu real valor, sem andar, a todas as horas, de arremetida contra as distinções herdadas. Agora, importuna e filáucia do artista, logo anoja a humilhação a que se desce.

Cingindo-me ao ponto, Casimiro reteve ainda o seu segredo, sofismando-o destarte:

— Eu vou continuar em Coimbra ou Lisboa o meu curso de

Matemáticas para seguir a vida militar mais vantajosamente. Bem sei que este dinheiro a pouco chega; mas espero achar, sem baixeza, recursos em mim próprio para me alimentar. Ensinarei particularmente o que sei, e com o pequeno salário me irei remindo.

— Se é isso, Casimiro — redarguiu mestre Antônio –, leva o dinheiro todo, que eu *tanto faço* com ele como sem ele. Assim como assim, duzentos mil-réis não me quitam de trabalhar. Gosto bem de te ver botado ao caminho da vida. Vai, moço, que o mundo é pros homens. Teu pai saiu daqui com duas camisas numa trouxa, sentou praça, e morreu major na flor da idade: teria quarenta anos. Se não morre, e o seu partido vinga, podia acabar general. Tira-te daqui desta aldeia, homem! Tu tens lá umas ideias que precisam de terras grandes. Vai-te à vida, que eu cá estou com o meu pouco para te acudir nas necessidades. Logo que teu primo mande mais dinheiro, lá irei ter onde estiveres. Se um dia tiveres de teu, e eu já não puder com o machado, então me irás pagando como puderes.

Casimiro debulhava-se em lágrimas, abraçado ao carpinteiro, que embebia as suas no canhão da jaqueta de saragoça remendada nos cotovelos. Aquela jaqueta desonrar-se-ia grandemente se a pusessem à beira de muitas fardas batidas a ouro e coalhadas de veneras!

Era como picar de remorso o doer-se de Casimiro. Mentir assim àquele velho tão bom, tão franco, tão desprendido, e tão pobre!

Não importa! A sua paixão absolve-o já; o homem honrado e iludido absolvê-lo-á depois.

Tinha, pois, Casimiro, dinheiro para a fuga; disto avisou Cristina; a menina, porém, instava pelo casamento em S. Julião da Serra, e o moço, de vontade e coração, condescendia, e desejava-o assim tão abrasadamente como ela.

Rui de Nelas encontrou o carpinteiro, e não lhe falou, nem respondeu à saudação com um *gesto* sequer.

— Por que está de mal comigo, Sr. Compadre?! — perguntou o operário com magoada submissão.

— Porque é um ingrato! — bradou o fidalgo.

— Ingrato, senhor! Nem já isso! Deus me não ajude, se eu sou ingrato a V. Ex.ª!

— Tens aí teu sobrinho, que deu um pontapé no seu benfeitor, e causou a desgraça de minha filha, e a tristeza de minha casa!

— Meu sobrinho, Sr. Compadre, fez mal, é verdade; mas o mal está remediado. Meu sobrinho vai-se embora por estes dias. Vai para Lisboa continuar os seus estudos. Leva duzentos mil-réis que eu recebi de meu filho e afilhado de V. Ex.ª, e por lá ficará até se fazer homem como meu cunhado.

Rui de Nelas deu um grande suspiro de desabafo, e disse:

— Falas-me verdade?

— Como quem se confessa, fidalgo.

— Então, compadre, o dito por não dito. Se eu soubesse que ele estava ainda em tua casa, por falta de meios, o dinheiro dava-to eu, sem ele o saber. Quando é que vai?

— Estão-se fazendo umas camisas, e, o mais tardar, no fim de semana, vai com Deus.

Neste dia à noite, Rui disse a uma das filhas:

— Vai ao quarto de tua irmã, e diz-lhe com bons modos que venha tomar chá conosco. A tempestade está a passar; é preciso que a trateis, como dantes, daqui por diante.

Cristina, maravilhada da brandura de sua irmã, desceu à sala, e beijou a mão paternal, que se lhe oferecia com afável sorriso.

Tomou chá, trocou leves palavras com suas irmãs, e volveu ao seu quarto, onde desvelou a noite, cismando na transfiguração de seu pai.

A horas de almoço, passou Rui de Nelas no corredor contíguo ao quarto de Cristina, e disse-lhe tocando a porta:

— Vai o almoço para a mesa, menina.

Cristina estremeceu, e sumiu entre os cobertores a carta, que estava escrevendo, cujo período mais importante era assim:

"... Como penso que terei liberdade de descer ao jardim ao fim da tarde, sairei pela porta da quinta, que abre para a estrada. Se me enganar, então amanhã te avisarei..."

Não se enganara.

O caricioso pai saiu com ela e suas irmãs a passear depois do almoço. Animou-a, depois do jantar, brindando-a com um vestido de tafetá azul para a festa dos anos da morgada. Ao fim da tarde viram-na sair ao jardim, e a mais abelhuda das irmãs disse:

— Papá, olhe que a Cristina vai só...

— Deixá-la ir. Coitada! O inverno já lhe desfolhou as rosas que ela há um mês ainda regava!... Vai ver as suas plantas... Pobre filha, que pena me faz vê-la tão abatida!...

Cristina demorava-se. E o vento assobiava, impelindo contra a janela borrifos de chuva.

— Vossa irmã já está no seu quarto?! Vão ver.

As meninas alvoroçadas vieram dizer que no quarto não estava ela nem a capa.

— Pois não viram que ela saiu de capa ao jardim?! — reflectiu o pai. — Vamos ao jardim, que ela deve lá estar abrigada da chuva... ou (ajuntou ele no silêncio do seu coração) escondida a chorar... Pobre menina!...

Espreitaram todos os escuros do arvoredo, chamando-a a brados. O fidalgo, esporeado por diabólica suspeita, correu à porta de carro, e achou-a aberta.

— Fugiu! — exclamou ele. — Os criados que saiam todos por essas estradas, e... que o matem!

E os criados saíram todos na ideia... de o matarem!

Até o José pastor lá ia na chusma, clamando que queria também matar o ladrão da fidalga, e teimava que via as pegadas da menina lá por uns caminhos onde ninguém via coisa nenhuma!

A essas horas, Cristina e Casimiro transmontavam o cabeço da primeira serra, que descia para umas gargantas intransitáveis.

Na antevéspera, palmilhara Casimiro o terreno menos trilhado, e orientara-se cabalmente da direção que devia seguir até assomar à serra vizinha de S. Julião.

VI

A HUMILDADE VENCEDORA

Os servos iam e vinham por estradas reais, atalhos e mais desfrequentados caminhos. Ninguém dera notícia dos fugitivos, exceto um guardador de cabras, o qual dissera ter visto, numa chã, passarem um senhor, vestido à cidade, e uma senhora assim a modo de fidalga, e depois os vira entrar à estrada de Trancoso. Estas novas quem as colheu foi o José pastor, o velhaco! Ele não viu guardador nenhum de cabras: inventou-o, sem que ninguém lhe encomendasse a fábula. O que ele queria era atrair as pesquisas para o lado oposto de S. Julião da Serra. Serviçal até ali!

Quando, ao quarto dia de baldadas buscas, os criados mais pimpões se abalaram para Trancoso armados até os dentes, Rui de Nelas foi procurado por sujeito desconhecido. Entrando à presença do fidalgo, e interrogado sobre quem era, disse:

— Sou um lavrador da freguesia de S. Julião da Serra.

— Onde está vigário meu afilhado padre João Ferreira?

— Sim, senhor.

— Como está ele?

— Doente de cama.

— Coitado! E Peregrina? Conhece a irmã do vigário?

— É minha mulher.

— Ah! Sim? Quanto folgo! Já cá sabíamos que ela casara bem.

— Estimo-a muito, que é digna disso.

— E vossa mercê creio que é lavrador abastado...

— Graças a Deus, tenho mais que o necessário...

— Queira sentar-se. Esqueceu-me de o mandar sentar, com a satisfação de ver o marido da nossa Peregrina... Satisfação, digo eu! Vão por cá muitíssimas aflições, senhor... Como é a sua graça?

— Ladislau, criado de V. Ex.ª

— Muitas aflições, Sr. Ladislau! Caiu em minha casa um raio!... Deus... Não sei que mal lhe fiz! Eu, que faço o bem que posso, que dou tudo quanto me sobeja aos pobres, que eduquei minhas filhas na religião de meus avós, estou aqui esmagado por uma vergonha que me está cavando a cova!... Quando há sete anos me morreu minha mulher, pedi a Deus a morte: oxalá que ele me tivesse ouvido!... Logo, em seguida, morreu o meu único filho varão. Resisti ainda. Depois vi cair o Sr. D. Miguel do trono à miséria da proscrição, e fiquei ainda em pé. Agora... agora... Esta punhalada corta-me o último fio! Nos três infortúnios passados, o Senhor Deus dos aflitos colocou a meu lado um dos seus apóstolos, que me amparou, e me fechou as chagas com o bálsamo da religião. Era um frade da sua freguesia, creio eu: Fr. Brás Militão do convento de Vinhais. Morreu o santo, que passou três noites à cabeceira do meu leito, quando enviuvei. Ele tinha experimentado a minha dor, porque vestira o hábito de frade mendicante, quando Deus lhe chamou sua mulher...

— Esse frade era meu pai — disse Ladislau.

— Seu pai! — exclamou o fidalgo, erguendo-se a abraçá-lo. — Pois o marido de Peregrina é filho daquele predestinado, a quem eu recorro ainda nas minhas angústias?

— E eu recorrerei também para que meu bom pai alcance do Senhor o sossego de V. Ex.ª.

— Desculpe-me, que eu estou todo absorvido pela minha mágoa! Ainda não fiz senão carpir-me; porém o Sr. Ladislau calculará, quando for pai, a natureza da minha dor... Que motivo o traz a esta casa?

— O seu infortúnio, Sr. Rui.

— Pois sabia que minha filha fugiu? Já lá chegou a notícia? Foi sua mulher que o mandou saber a atroz verdade? É certo, é horrivelmente certo que essa desgraçada fugiu há cinco dias, e todas as diligências em procurá-la com o infame raptor se têm baldado!

— A Sra. D. Cristina está em minha casa — atalhou Ladislau. Rui de Nelas aproximou-se, quase rosto a rosto, de Ladislau, e exclamou:

— Que diz?! Em sua casa? Com ele?

— Não, Sr. Rui. Em casa do filho de Fr. Brás MIlitão não se agasalham amantes fugitivos, salvo se eles forem tão desgraçados que não tenham pão nem teto. Em minha casa está unicamente a filha de V. Ex.ª; em casa do vigário está Casimiro Betancur.

— E meu afilhado — interrompeu iroso o fidalgo — consente que se recolha em sua casa o roubador de minha filha, da filha de Rui de Nelas, a quem ele deve tudo o que é?

— Lamento — disse Ladislau — que meu cunhado aqui não esteja para dignamente responder a V. Ex.ª. Eu não tenho a virtude nem as expressões santas, persuasivas, e afetuosas do afilhado de V. Ex.ª. Estou aqui, porque a doença há três dias o tem a ele na cama: apressei-me a vir para que o padre, desprezando a enfermidade, não viesse por este mau tempo arriscar a vida. As intenções, todavia, de meu cunhado, acolhendo em sua casa Casimiro Betancur, são óbvias e justas. Os dois, desgraçados pela cegueira do amor, foram pedir ao sacerdote a bênção matrimonial; o sacerdote não podia abençoá-los sem consentimento de V. Ex.ª, e não podia também abandoná-los sem faltar à caridade que professa, à sua própria consciência, e ao que deve ao Sr. Rui de Nelas. Abrir mão deles, na situação em que os viu, o mesmo seria declarar-lhes que não há divina nem humana misericórdia. Eles iriam porta fora desconfiados da virtude do ministro de Deus, em quem tinham posto sua esperança, e julgar-se-iam desquites de serem ou procurarem ser virtuosos...

— Bem! — atalhou Rui. — A que vem o senhor?

— Implorar a V. Ex.ª consentimento...

— Para se casarem?

— Sim, senhor.

— Sabe o que pede? O Sr. Ladislau sabe o que pede?! — bradou o fidalgo com os olhos afuzilando ira e gestos descompostos.

— Sei que peço, segundo o meu cunhado diz, o único remédio de tal desgraça.

— Seu cunhado é um parvo! — rebradou o velho, batendo rijamente com o punho fechado sobre a mesa. — Repito: seu cunhado é um parvo, e não tem desculpa nenhuma, porque sabe quem é o pai de Cristina, e quem são os parentes desse ninguém que roubou minha filha. Não lhe disse ele que Casimiro é sobrinho de um carpinteiro?

— Sim, senhor, disse.

— E então? Parece-lhe que é bem-arranjado o casamento de sobrinho do carpinteiro com a filha de Rui de Nelas? Responda... Que pena eu tenho que, em lugar do senhor, não estivesse aí o padre, a ver o que me respondia!...

— Parece-me que o padre responderia a V. Ex.ª que a Sra. D. Cristina...

— Diga, diga!

— Casada com o sobrinho do carpinteiro está mais honrada que na situação em que se acha agora.

— Quer isso dizer que da parte do mariola é muito grande favor casar-me com a filha!?

— Não. Sr. Rui; eu não quis dizer semelhante coisa; não vim aqui ofender V. Ex.ª.

— Pois então?... A vontade do meu amigo padre (replicou o fidalgo, sorrindo à palavra *amigo*) é que eu admita em minha casa os noivos?

— Não lhe ouvi isso. O que ele unicamente pede é a certeza de que V. Ex.ª lhe levará a bem que ele os case, embora o seu consentimento não seja escrito.

— Proíbo-o expressamente de os casar, sob pena de eu o fazer sair da igreja, e meter em processo!

— Que quer, portanto, V. Ex.ª que faça a sua filha? — redarguiu Ladislau com os olhos úmidos de lágrimas de desanimação.

— Que há de ela fazer?

— Entrar num convento, chorar o seu crime, e morrer lá, é o que eu quero. A ele hei de persegui-lo até o inferno! Hei de metê-lo numa masmorra, e impontá-lo para as Pedras Negras.

Ladislau recolheu-se breves instantes, e saiu de si, dizendo com grande ímpeto de pranto:

— Se aqui estivesse Frei Brás de Vila Cova, que diria, neste ponto, o bom cristão a V. Ex.ª? Eu creio, senhor, que meu pai diria: "Perdão e misericórdia. A neta dos reis de Judá, Maria, mãe de Jesus, foi eleita pelo Eterno esposa de um operário, era carpinteiro o pai putativo do Redentor dos homens".

— Não me pregue sermões! — interrompeu Rui de Nelas, cujas convicções, no tocante ao casamento da Virgem Maria, eram muito pela rama. O fidalgo acreditava que uma sua tia freira bernarda em Lisboa tinha oração infusa, e, em seus êxtases, se erguia sobre a terra quatro covados; acreditava que S. Tiago e S. Jorge vieram em pessoa combater e vencer pelos portugueses; acreditava outrossim que a morte e vinda de D. Sebastião era por ora cousa duvidosa, porém o casamento da filha dos reis de Israel com um carpinteiro custava-lhe a tragar!

— Não me pregue sermões! — dissera, pois, Rui de Nelas, e prosseguiu: — Seu pai, se aqui estivesse, iria, sem que eu lhe pedisse, procurar essa mulher perdida, e convertê-la a Deus, levando-a a um convento e obrigando-a a ver bem a sua vergonha para que nunca mais se amostrasse a olhos do mundo. Seu pai, Sr. Ladislau, decerto me não viria dizer que premiasse a desobediência de minha filha, e a petulância do farroupilha, que a roubou, casando-os. Boa maneira de os castigar, não tem dúvida nenhuma! O resultado de tão funesto exemplo seria as outras minhas filhas fugirem-me com os miseráveis que as seduzissem! Se a religião mandasse eu aconselhasse tal, ai da ordem social, que então direitos de pai e obediência de filhas tudo andaria transtornado! Não, senhor! Frei Brás Militão não podia, de modo nenhum, ser o patrono de tamanho crime!

— Que quer, pois, V. Ex.ª que se faça? — disse Ladislau com os olhos já enxutos, e um tom de voz, que denotava outra condição de espírito.

— Já lhe disse: ela, convento; ele, se puder fugir, que me fuja; mas já e depressa, quando não a justiça fila-o.

— Creio que Sra. D. Cristina não entrará em convento, nem Casimiro fugirá sem ela.

— Veremos! Eu vou mandar homens a S. Julião da Serra!

— Fará V. Ex.ª mal. Na minha terra nunca entraram homens de braço armado, exceto os franceses, que incendiaram as casas por não encontrarem alguém. As nossas defesas e resguardo são as serras. Eu conduzirei a filha de V. Ex.ª onde não possa a violência alcançá-la. Ela fiou-se em mim, aceitou a minha casa, hei de defendê-la.

A não poder vê-la esposa do homem que ama, não serei eu que vá perfidamente arrancá-la ao seu destino, bom ou mau, Deus sabe qual será. Calar-me seria uma perfídia. Volto, pois, com o coração de luto, e direi a meu cunhado que V. Ex.ª lhe proíbe remediar a desventura da Sra. D. Cristina.

— Mas diga-me cá! — acudiu de golpe o velho. — Se eu consentisse no casamento, que se seguia? Minha filha voltava a Pinhel com o marido?

— Não, senhor.

— Pois então?

— Lá sabem o seu intento. A Pinhel não voltarão.

— Mas quem os sustenta, depois?

— Serei eu, se eles quiserem.

— Belo começo de vida! Vai viver minha filha às sopas da...

Conteve-se Rui, mas Ladislau, adivinhando-o, concluiu a frase:

— Às sopas da serva de V. Ex.ª... Minha mulher tanto se considera ainda uma criada de V. Ex.ª que recebe como a maior das honras ter à sua mesa a Sr. D. Cristina, e servi-la como criada.

— Perdoe-me — atalhou Rui, comovido –, perdoe-me, que a minha dor faz-me mau; que eu não o sou, meu amigo! Sua mulher nunca foi minha criada. Sentei-a à minha mesa, e vesti-a como minhas filhas. Nunca me arrependi, e queria não me arrepender nunca. Faça o senhor com que ela resolva Cristina a esquecer esse homem, e a fazer-me a vontade. Pode ser que o tempo venha a gastar o ódio, que tenho a essa perdida, e a tire do convento. É o maior serviço que podem fazer-lhe: dissuadi-la. Façam com que Casimiro saia de Portugal: que vá para o Brasil ou para o inferno, que eu não lhe faço mal. Tenho dito, Sr. Ladislau, a este respeito.

— Minha mulher não ousa dar tais conselhos à Sra. D. Cristina nem eu a minha mulher. Enfim, Sr. Rui, ouça V. Ex.ª o que vou fazer.

Acompanharei sua filha ao lugar onde a encontrei; lá, onde a espera Casimiro Betancur, direi a ambos: "Fiz o que pude, pedi com lágrimas, pedi com razões: tudo se malogrou. Agora, se meu cunhado os não quer ou não pode casar, sigam sua vida, vão mostrar-se por esse mundo desonrados, e digam que, se a desonra os afasta das pessoas de bem, é porque esta infeliz menina tem um pai, que antes a quer assim". É o que farei e direi, Sr. Rui de Nelas; mas antes disto, ainda me resta um esforço. Pedirei à alma de meu pai que lhe toque o ânimo; e, de joelhos e mãos erguidas, ainda uma vez suplico a V. Ex.ª que dê consentimento para que sua filha seja honesta!

Disse Ladislau as últimas palavras ajoelhado.

O fidalgo contou, passados anos, que, em lugar de Ladislau, vira, como em sombra, Fr. Brás Militão.

Há segredos de Deus; porém, bem pode ser que o caso, a dar-se, fosse mera visualidade do velho. Fosse ou não, Rui de Nelas inclinou-se a levantar Ladislau de sua postura humilde, e disse:

— Valha-me, Deus!

Passeou, de uma parede a outra, repetidas vezes, o salão, enquanto o moço arquejante lhe estava como bebendo a resposta dos beiços convulsivos. Afinal, parou o velho, em meio da sala, levou as mãos às fontes, e, sacudindo vertiginosamente os braços, exclamou:

— Casem! Mas que eu não os veja mais!

E sentou-se, prostrado.

— Beijo as mãos de V. Ex.ª — disse Ladislau, retirando-se com alvoroço tal de alegria, que a sua vontade era distanciar-se depressa, receoso do arrependimento.

Arrependimento que por um cabelo, pouco depois, ia dando de si um feito vil!

Rui de Nelas ergueu-se de golpe, já quando o moço tinha saído, e esporeava a galope desapoderado a mula, estrada fora.

Chegou ainda a gritar pelos criados, cujo maior número tinha ido para Trancoso. Era seu intento enviá-los a S. Julião da Serra, infratores da palavra de seu amo.

Neste lanço, estropearam no pátio dois cavalos: o cavaleiro era D. Soeiro de Aguilar Vito de Alarcão Parma d'Eça, fidalgo de Miranda, com o seu lacaio.

Este sujeito, além daquele nome, que só por si é uma fortuna, nascera primeiro que seus irmãos, na maior casa daqueles contornos de Miranda. Barbedos e Alarcões tinham começado, pouco mais ou menos, com o gênero humano. Estas duas famílias, em franqueza íntima e modesta, diziam que o primeiro sangue de Lisboa — da Lisboa de sangue azul, entende-se — era um regato da fonte caudal, represada neles, aí pela fundação dos reinados de Leão e Castela.

Desde muito que Rui de Nelas meditava em casar a filha morgada com D. Soeiro de Aguilar, e nisso trabalhara, com intervenção da parentela.

Ei-lo aí está agora o almejado genro a pedir-lhe a filha, e ei-lo vem a ponto de estorvar que o sogro se desonre, violando a palavra dada, com desdouro dos reis de Leão e Castela, seus avós.

Trocados os termos cerimoniosos, D. Soeiro perguntou pelas primas.

Entraram cinco meninas meia hora depois.

— E a prima Cristina? — perguntou ele.

— Está na Guarda, em companhia da tia Mafalda Portugal — tartamudeou Rui.

— Sinto — disse D. Soeiro — porque, vindo eu pedir a mão da prima Guiomar para mim, sou encarregado de pedir a prima Cristina para meu irmão Alexandre.

— Céus! — exclamou para dentro de si o fidalgo, e as meninas encararam-se mutuamente.

— Falaremos acerca de Cristina — disse Rui, expedindo um gemido rouco.

E declinou a prática sobre trivialidades, até horas de jantar.

D. Alexandre, acadêmico do primeiro ano na Universidade, tinha visto sua prima na feira de Viseu, um ano antes. Escrevera-lhe, mediante os bons ofícios de sua tia D. Beatriz de Albuquerque. Não respondera Cristina senão termos agradecidos à escolha, posto que incondescendentes. Assim mesmo, D. Alexandre de Aguiar recalcitrou, sem melhor êxito. D. Soeiro, porém, tomou a peito levar a noiva ao irmão.

Contou-se o incidente que prende com o porvir desta história.

VII

FELICIDADE

O aparecimento de Ladislau Tibério no alto da serra, que se arqueia sobre a casa de Vila Cova, foi saudado com o agitar de dois lenços brancos. O moço, segundo convenção feita, apeou, cortou uma haste de castanheiro, arvorou nela o seu lenço, e floreando-o de cima da cavalgadura, deu-se pressa na descida.

Quando tal viram, Cristina a rir e a chorar, lançou-se aos braços de Peregrina, e foram ambas ajoelhar diante do oratório. Como a alegria as não deixava exprimir palavra, era-lhes preciso falar em silêncio com Deus.

Meia hora depois, entrava no quinteiro Ladislau, e as duas senhoras, arrebatadas como se a boa-nova igualmente as deliciasse ambas, correram a ouvir a confirmação do que dissera a bandeira branca.

— É certo? — exclamou Cristina.

— É certo, minha senhora.

— Deixa-me ir um criado a S. Julião dar parte a Casimiro? — tornou ela.

— Vamos logo todos; mas, se V. Ex.ª quer, mande o criado já.

— Então não: vamos todos... Quero eu dar-lhe a nova. E meu pai está bom? E minhas irmãs?

— Não vi suas irmãs; seu pai está inquieto; mas, como tem bom coração, Deus o sossegará.

Abraçaram-se outra vez as duas amigas, e Ladislau, entre risonho e lagrimoso, gozava o não menor quinhão de sua alegria.

Fez-se logo noite, e esperaram que nascesse a lua para saírem ao íngreme e despedrado caminho da igreja.

Por volta das dez horas, chegaram à lapa da Crasta, no viso da serra interposta, e lobrigaram um vulto.

— É ele! — exclamou Cristina, lançando-se da égua. — É meu marido!

Casimiro Betancur correu ao encontro dela, e murmurou:

— Que dizes, Cristina?

— O pai consentiu! — disse ela abafada pela comoção.

E Casimiro, desprendendo-se dos braços de Cristina, foi cingir com o peito o sereno Ladislau, que ficara segurando as rédeas da égua.

— Meu salvador! — exclamou o moço.

— Seu amigo, como amigo de todos os infelizes que amam! — disse Ladislau, e ajuntou logo:

— O senhor que está aqui é que meu cunhado melhorou.

— O Sr. Vigário veio confessar um moribundo na aldeia, que está ao fundo da serra, e eu, com licença dele, vim até aqui para ver o fumo da casa de Vila Cova.

— Bem! — tornou Ladislau. — Vamos.

— Eu vou a pé — disse Cristina. — Dá-me o teu braço, Casimiro.

— Amanhã — atalhou Ladislau –, amanhã se encostará ao braço de seu marido, minha senhora.

Cristina corou; e Casimiro tomou as rédeas da égua para ela saltar ao albardão.

Ouviu-se um prolongado assobio como o dos caçadores em

montados; era o vigário que chamava o hóspede. Casimiro respondeu, e Peregrina, puxando do peito, quanto pôde, a voz, gritou:

— Cá vamos todos.

E, como todos rissem do agudíssimo falsete da jubilosa Peregrina, o vigário percebeu logo a impaciente felicidade que não pôde esperar pelo dia seguinte.

E subiu a ladeira até encontrar o grupo.

— Abençoou Deus a tua resolução, já vejo! — disse padre João Ferreira ao cunhado.

— Abençoou: podes tu abençoá-los, meu irmão.

E os dois ficaram alguns passos atrasados, para irem conversando sobre os sucessos de Pinhel, e os futuros em que os noivos não pensavam, nem era generoso dizerem-lhes.

Ninguém dormiu, naquela noite, na residência de S. Julião. O vigário saiu, antemanhã, a solicitar licença do arcipreste para casar os contraentes sob sua responsabilidade sem o prévio pregão de banhos. Obtida, voltou à igreja, e ouviu de confissão os desposados; e, em seguida à cerimônia da comunhão, ligou-os, abençoou-os e disse-lhes.

— Ficam sendo dos dois uma só alma para as alegrias e para as provações. Deus voltará a sua face divina daquele dos dois que atribuir ao outro o seu infortúnio; e nós, os amigos de ambos, verteremos lágrimas de sangue se os virmos infelizes, infelizes à míngua de conformidade e fortaleza. Deus os tenha de sua mão.

Celebrado o matrimônio, almoçaram na residência, e saíram para Vila Cova, onde Brásia, azafamada com o jantar, e duplamente ditosa com o segundo casamento, dava ares de não ter o miolo fixo, no dizer dos outros criados.

A felicidade deste dia não tem história; ou, se a tem, conte-a o leitor que experimentou. Mas o meu leitor, casado por paixão, precisamente foi obrigado a atender aos cumprimentos de amigos e parentes, uns a louvarem-lhe a noiva, outros a louvarem-no a si, estes a brindarem-no com vinho, aqueles a perguntarem-lhe pelo dote da mulher: barafunda esta que o não deixou sentir a sua felicidade.

Ora, na casa de Vila Cova, à mesa nupcial, além dos noivos, estavam o vigário, os donos da casa, o carpinteiro de Pinhel, e a velha Brásia. Os noivos repetiram em miúdos a história de seus amores, os medos, as tristezas, os júbilos, o entenderem-se, com a linguagem pactuada das flores. Neste ponto, Brásia ria muito e dizia que os namorados eram o pecado. As espertezas de José pastor foram contadas por Cristina com amostras do bem que queria ao rapazinho. Pediu ela ao marido que se não esquecesse nunca do muito que lhe deviam, e lembrou-se de o mandar estudar para padre se algum dia fosse remediada de bens de fortuna.

— Há de sair bom padre! — atalhou a ridentíssima velha. — Se assim souber espreitar as ciladas do cão tinhoso, muitas almas há de ganhar pra Deus.

Com estas e outras festejadas palestras passaram o dia. Ao escurecer, tornou o vigário à sua igreja, com promessa de voltar no dia seguinte, a fim de se conversarem cousas muito importantes. E nós vamos já ao ponto destas conversações decorridas à sombra duns altos castanheiros, que pareciam ter ali ficado da idade de ouro para darem testemunho de um feito de outras eras.

— Diz tu o que tens a dizer, Ladislau — estas palavras proferiu o vigário, logo que as duas senhoras se assentaram na grossa e retorcida raiz dum castanheiro, e Casemiro à beira delas.

Ladislau voltou-se para seu cunhado e disse:

— Porque não hás de ser tu?

— Quem melhor exprime a ideia é quem dignamente a concebeu.

— Pois falarei — tornou o moço; deteve-se breve espaço, e disse: — O Sr. Casimiro Betancur recebeu educação e tem espíritos que não são para a vida aldeã, e desta aldeia, a mais desacompanhada e triste que ser pode. Isto é bom para mim, que nasci cá, e por todas essas pedras e árvores tenho cobrado um afeto de solitário, que todo outro viver se me afigura intolerável. Que fará o Sr. Casimiro, passados estes primeiros dias, em tal solidão? Perguntará a si mesmo: "Que faço eu aqui? Em que empregarei as minhas forças? Por que molde talharei o meu futuro?" Quando assim se interrogar, a resposta será uma melancólica indecisão, com ver cerrados os caminhos para onde o ânimo o impele. Vamos ver se podemos abri-los para pouparmos o nosso Casimiro à desconsolação de cruzar os braços e dizer: "Não sei!" O nosso amigo contou-me que, no colégio, estudava Matemáticas, para o fim de seguir carreira das armas.

— É verdade — disse Casimiro.

— Pergunto eu se lhe agrada recomeçar ou continuar os seus estudos, e ser militar.

— Desejava-o, tenho-o desejado sempre; mas a vida militar desprotegida é má; e, nas minhas circunstâncias, o estudar foi e é impossível agora.

— Não é. O meu amigo assenta praça, e requer licença para estudar em Lisboa, Porto ou Coimbra. Tenho estas informações de meu cunhado. Eu ofereço-lhe os meios precisos para se alimentar com sua senhora em qualquer das cidades que escolher, e assim se habilita para alguma vez me pagar o adiantamento que for preciso.

— Mas o meu dote... — interrompeu Cristina, com fidalgo ânimo.

— Não se fala no seu dote — retorquiu Ladislau. O Sr. Rui de Nelas deu o consentimento; mas não dá dote.

— O dote de minha mãe... — tornou ela.

— V. Ex.ª não pede dote nenhum: eu disse a seu pai que a sustentação de sua filha e marido não corriam à obrigação dele. Está desobrigado o Sr. Rui de Nelas. Em resumo, o Sr. Casimiro quer ser homem, quer sua independência, quer empregar dignamente as faculdades, que Deus não dá para ócios ou desperdícios. Resolve-se a abraçar a minha lembrança?

— De toda vontade, e com o mais reconhecido coração. Diz-me uma voz íntima que eu poderei desempenhar-me.

— Também a mim me diz — ajuntou Ladislau.

— Desempenham-se todos os que trabalham — ajuntou o vigário. — O principal estímulo que o Sr. Casimiro leva para o seu engrandecimento é querer mostrar a seu sogro que se fez homem.

— Quem me faz homem é este anjo! — exclamou Casimiro, abraçando o marido de Peregrina, a qual já estava chorando, quer fosse a próxima ausência de

Cristina, quer o entusiasmo da boa ação de seu marido a enternecesse a lágrimas.

Volvidos quinze dias, iam sair de Vila Cova os noivos com destino a Coimbra. Ao despedirem-se, como Ladislau levasse à mala de Casimiro o dinheiro contado para as despesas do primeiro trimestre, o hóspede acudiu dizendo que tinha intactos os duzentos mil-réis que seu tio lhe dera. Mestre Antônio, que fora assistir à despedida do sobrinho, resistiu às instâncias de Ladislau, não querendo reembolsar o dinheiro, e levou a sua liberalidade a ponto de oferecer à esposa de seu sobrinho uns brincos de ouro, que ele chamava *cabaças*, os quais tinham sido de sua mulher. Liberalidade, dissemos; e, contudo, o valor real do presente orçava por dezesseis tostões! Assim era que ele amava muito aquela memória, e o desprender-se dela foi o mais que podia fazer a sublime rudeza do coração do operário! Dera a sorrir os duzentos mil-réis, e foi, às escondidas, enxugar as lágrimas, quando se viu privado das arrecadas de sua mulher! Ó santos corações do povo! Mas do povo das montanhas, direi; do povo que ainda não saiu à praça vociferando que é rei porque é povo.

Cristina tirou das orelhas uns brincos de preço, que usava

em casa de seu pai, e adornou-se com os modestos, que lhe dera o artista; depois, voltando-se a Peregrina, disse-lhe:

— Aceitas uma lembrança da tua amiga pobre, da amiga que vai subsistir dos teus benefícios? E, tomando-lhe a cabeça contra o seio, obrigou-a suavemente a receber os seus brincos, e beijou-a em ambas as faces.

— Aceita, Peregrina — disse Ladislau –, que a tua senhora e amiga vai mais enfeitada com a dádiva do pobre.

Partiram, acompanhados até grande distância pelo vigário, irmã, Ladislau e Brásia. Mestre Antônio não houveram razões que o demovessem de ir a pé ao lado de Cristina, até o Porto. Como pernoitassem numa estalagem da aldeia de Penaverde, encontraram um feitor a casa de Rui de Nelas, acompanhando duas cargas de baús. O feitor, pasmado do encontro, não atinava a decidir-se se devia cumprimentar ou desprezar a filha do seu amo. A menina, porém, que se não julgava desprezível, perguntou ao seu antigo criado donde vinham aqueles baús.

— Do Porto — disse brevemente e secamente o condutor.

— Que levam?

— O enxoval da Sra. Morgada.

— Pois a mana Guiomar casa?

— Casa à vontade de seu pai — tornou o feitor, carregando de censura as palavras, e colocando-se de esguelha.

Casimiro Betancur, que presenciara o diálogo, desceu ao pátio da estalagem, onde estava o feitor, travou-lhe das lapelas da jaqueta, e disse:

— Olha de frente para a filha de teu amo, e responde-lhe.

— Já respondi — disse o homem um pouquinho inquieto da segurança de sua pessoa.

Casimiro perguntou à sobressaltada senhora o que queria ela saber do seu criado.

— Nada... — balbuciou Cristina, temerosa do resultado.

— Descobre-te — disse ele ao criado.

O feitor tirou o chapéu com as mãos ambas.

— Diz àquela senhora com quem casa tua ama, e responde ao mais que ela perguntar.

— Casa com o Sr. D. Soeiro de Miranda, que a foi pedir, e também ia pedir a Sra. D. Cristina para o Sr. D. Alexandre.

— Deixa-o, deixa-o! — disse Cristina.

— Levas as duas orelhas — ajuntou Casimiro, largando-o — porque és criado do Sr. Rui de Nelas. Tu consideras menos a filha de teu amo do que eu os seus lacaios.

E, tornando ao quarto de Cristina, disse-lhe risonho:

— Que excelente casamento te fiz perder!... D. Alexandre de Aguilar Vito de Alarcão Parma d'Eça!

— Pois sim — disse ela muito de riso e mimo –, mas se tornas a assustar-me de não ter respondido às cartas do idiota Alexandrinho... que vamos encontrar em Coimbra... Não sabes que ele está em Coimbra?

— Sabia, e então? Dar-se-á caso que a vergontea ostrogoda me queira cair sobre as costas? É preciso temer os Vito Alarcões!... Deus nos defenda!

Festejou ela muito os trejeitos de medo cômico com que Casimiro abrenunciou o rival temeroso, e não pensaram mais nisso.

Tomou o estudante uma casa menos de modesta, fora de portas em Santo Antônio dos Olivais. Em redor da casa fechava-se o arvoredo de álamos, plátanos e choupos. A mobília era rigorosamente acadêmica: as conhecidas cadeiras como inventadas para descadeirar os ocupantes; a mesa de pinho pintado de verde; a tarima de espaldar de tabuado com silvas de flores amarelas, imaginárias, e superiores às mais inventivas das florestas americanas. Tudo isto, porém, e o restante, que pouco mais era, limpo, repintado, e lustroso, alegrava a casinha.

Depois, era no mês de abril, o abril de Coimbra, regorjeado de aves, arrelvado de boninas, copado de sombras, e harmonioso de murmúrios. E, depois, o amor, a paz, o descanso de tamanhas batalhas aformoseantavam a vivenda de Santo Antônio dos Olivais, o amor, por sobre tudo, alindava, encantava, e vestia da inocência e das alfaias do éden aquele silencioso abrigo de duas almas fugidas ao mundo, e recolhidas em si em Deus.

Principiou Casimiro a recordar os seus passados estudos, enquanto corria aquele ano letivo, para no imediato se matricular. Raras vezes ia à cidade dar conta ao lecionista dos seus estudos preparatórios. Como o tempo lhe sobejava, lia ou ouvia ler Cristina, que dava aos livros unicamente as horas feriadas das suas ocupações domésticas. Raro dia, deixavam de escrever algumas linhas a Ladislau e Peregrina, dizendo aqueles nadas que são um nunca findar entre pessoas que se prezam.

Desceram, uma tarde de junho, ao Mondego, e subiram à beira da margem esquerda. Paravam a intervalos para ouvirem o rumoroso suspirar da folhagem, e o soído da linfa sobre que os salgueiros se dobravam a remirar-se no espelho límpido.

Cristina inclinou a face ao seio de seu esposo, e murmurou tão de leve, que parecia afinar a voz pelo som daquelas harpas eólias da ramagem:

— Como somos felizes, ó Casimiro!...

— E eu cuidava que não havia felicidade neste mundo! — disse ele, comprimindo-lhe a face com a mão tremente de meiguice.

— Como não há de havê-la para os que amam o Senhor, e não fazem mal ao seu semelhante!

— Eu devia esperar este bem, Cristina; porque fui muito desgraçado... Não fui?

— Eras... mas, desde que eu te amei...

— Fui muito mais desgraçado, filha... Então é que eu me vi pobre, desvalido, sem pai, sem mãe... Que palavra, Cristina!... Mãe!... Nunca os meus lábios proferiram esta palavra no seio de uma mulher! Nunca, nem na minha desamparada orfandade, correu para mim uma mulher chamando-me filho!... Como pude eu ser privado das carícias de minha mãe?! Como pôde ela abandonar-me, e esquecer-me!? Por que não disse meu pai se ela era morta?!...

— Aí estás tu a entristecer-te! — a talhou a esposa. — Não quero!... Vem cá! Olha, Casimiro, eu chamo-te filho, filho de minha alma, do meu coração! Amo-te mais que todas as mães! Se alguma vez chorares, eu te consolarei com um carinho, que as mães não sabem. Defender-te-ei com mais coragem que ela. Morrerei por amor de ti, porque é tudo que eu tenho. Se Deus me der filhos, hei de amá-los menos que a ti, meu amado esposo!... Vês-me tu a mim triste por ter deixado pai e irmãs?... É verdade que meu pai aborrecia-me e minhas irmãs desprezavam-me, mas por amor de ti Casimiro, por amor de eu te querer dar esta felicidade...

— Perdoa-me — disse ele, beijando-a com estremecimento. — Não me lembres o que sofreste, que eu cuidarei que me arguis de ingrato. Olha que a minha tristeza é suavíssima, ó minha filha. Lembrou-me meu pai, e os seus últimos afagos; tive saudades de minha mãe, que nunca vi; são uns desejos, que parecem vaticínio de que hei de ainda encontrá-la. Vê tu que loucura, que poesia! É este sítio, estas árvores, e a serenidade do céu que me fazem cismar assim... As pessoas, que têm a sua alegria circunscrita ao curto espaço da sua casa, não devem vir meditar nos lugares em que o espírito carece de voar às raias do infinito. A tristeza está nelas, filha. O espírito retrai-se sobre si mesmo, e dói-se da sua fraqueza. O que é ver ir aquela ave pelo azul do céu fora, e dizer: "Onde irás tu?" É desejo de romper esta rede de ferro que nos cerca, rasgar os fechados horizontes da alma, e sondar em que mundo irei com o teu espírito perpetuar a minha existência. E a devanear nisto, acordam-se na alma todos os enlevos e saudades... Então vejo a sombra de minha mãe e de meu pai, a passarem, a fugirem, como sonhos. Ditoso é o meu acordar, porque te encontro, ó anjo da minha vida!

E, dizendo, abraçou-a sofregamente, e bebeu-lhe as lágrimas, exclamando:

— É assim que minha mãe devia chorar; quando me lançou de si!...

— Mas eu — exclamou Cristina — aperto-te ao meu coração, filho!

VIII

O VIGÁRIO DE S. JULIÃO DA SERRA

Temos de voltar a Pinhel.

D. Soeiro de Aguilar pediu instantaneamente que se mandasse buscar à Guarda sua prima Cristina. Tergiversou, enquanto pôde, Rui de Nelas; porém, quando o fidalgo de Miranda anunciou que iria pessoalmente buscá-la, o velho, entre lágrimas e gemidos, declarou tudo.

— E não está ainda morto o vilão? — perguntou D. Soeiro, concluída a narrativa.

— Morto, não: nem sei onde está.

— E pode meu tio Rui de Nelas Gamboa de Barbedo consentir que viva o cão imundo! Um Gamboa deixa viver o raptor de sua filha! — replicou D. Soeiro.

— Que hei de eu fazer-lhe agora? É marido dela!...

— Antes viúva, antes perdida, antes morta!... Que ouvi eu! Cristina, amada por Alexandre de Aguilar, requestada e pedida, acha-se casada com um sobrinho de carpinteiro! Ó tio! Esta vergonha é insanável!... Quem dirá que minha bisavó foi casada com o primo carnal dum avô de V. Ex.ª!?... Sinto, sinto amargamente dizer-lhe que não posso ser cunhado do sobrinho do carpinteiro!

— Paciência... — murmurou Rui. — Deus me leve depressa. Estou farto das afrontas dos nobres e dos plebeus. Ele roubou-me a filha, e tu, Soeiro, injurias a minha dor! Que hei de eu fazer?

— Esmagar o verme!

—Valha-te Deus! Não se esmagam assim homens! Os tempos são outros, meu sobrinho. A plebe agora tem a força, e nós temos o direito.

— E a força! Vá lá um plebeu requestar irmã minha!... Não verá mais sol nem lua! Juro-lhe sobre...

D. Soeiro, como não visse à mão sobre que jurar, calou-se, e expediu um grunhido, como usam os bravos, que parecem tirar a valentia da garganta. E prosseguiu:

— Já estarão casados?

— Decerto estão há três dias.

— V. Ex.ª deu o consentimento?

— Nem dei, nem deixei de dar... Calei-me, farto de ouvir as lástimas dum bom moço, que aqui veio...

— E houve sacerdote indigno que os recebesse sem licença legal e canonicamente escrita?

— O sacerdote é meu afilhado, ordenado à minha custa, nomeado por minha intervenção na igreja onde se receberam.

— Pasmo!... Pois... ó sacrilégio da amizade! Ó crime inaudito! Padre João, aquele sarrafaçal de padre, ousou santificar e legalizar o opróbio da família que lhe deu o pão, a sotaina, e a igreja! Qual vingança há aí de tamanho crime!

Andava D. Soeiro de um lado a outro da sala, sacudindo os braços, em mental solilóquio. Rui, amparada a cabeça entre as mãos, pusera os cotovelos no peitoril da janela, e olhava, sem o ver, para um maciço de murtas no jardim. As apóstrofes irrisórias do sobrinho calaram-lhe no ânimo, a ponto de o irarem contra o vigário de S. Julião. Monologando consigo, dizia:

— D. Soeiro tem razão. O padre, devendo ser o primeiro a embaraçar o casamento, não só me mandou aconselhar como necessário, mas ainda por cima me pediu e instou licença para casá-los. A ingratidão é flagrante! O vilão bandeou-se com o outro da sua estofa. São uns pelos outros estes filhos do nada! Se ele me fosse grato, restituía-me a minha filha, e afugentava o raptor. Longe disso, agasalhou-o, sustentou-o, e recebeu-o como se eu lhe recomendasse!... Tem razão D. Soeiro! O padre merece castigo! Não basta expulsá-lo eu para sempre de minha casa; hei de reduzi-lo a viver da esmola da missa, se não puder cassar-lhe o exercício das ordens.

E continuou em voz alta:

— Dizes bem, meu sobrinho: o padre é um refalsado ingrato! Há de ser punido.

— E o troca-tintas?

— Casimiro?

— Sim, o perro, o sobrinho do carpinteiro?

— Já te disse que é tarde para mandar castigar.

— Deixe-o por minha conta, tio Rui. V. Ex.ª não tem filho que lhe vingue as cãs; mas aqui está o braço indomável de seu sobrinho.

— Não aprovo — disse o velho. — Estão casados. Já me não poupo à vergonha de receber em minha casa a viúva do homem abjeto. É tarde para remédio. O sangue já não lava a nódoa.

— Nódoa eterna! — acrescentou D. Soeiro de Aguilar.

— Seja o Deus quiser! Está visto que rejeitas a esposa que pediste, meu sobrinho. Ficaremos em paz; eu com ela, e tu com a tua dignidade limpa. Mas olha que és injusto! Minha filha Guiomar está inocente no delito de Cristina. Faz o que quiseres. Escolhe-a mais rica; mais fidalga dificilmente a acharás em Portugal.

— Sei que é minha prima! — disse modestissimamente o fidalgo de Miranda, e ficou ali, por não ter mais que dizer a tal respeito. Uma prima dos Alarcões Parmas d'Eça não podia ser mais nada em matéria genealógica. A D. Guiomar, porém, entre as qualidades dignas de seu primo, sobrava-lhe a de ser tola, com uns longes de idiota.

O ajuntarem-se estes dois era preordenação, não direi alto para declinar a influência divina de sobre as parvoiçadas que se fazem neste globo; mas, predestinação, isso era, se alguma há nesta cousa de encontros e desencontros, que os poetas mirificamente explicam.

E tanto assim era que, naquele mesmo dia, D. Soeiro, vindo de passeio com D. Guiomar, afetuosamente disse ao tio que, apesar de tudo, seria seu genro, com a ressalva de em sua casa nunca mais se proferir o nome de Cristina.

Concordes nisto, afanaram-se logo em aviar os preparativos. D. Soeiro de Aguilar foi dispor suas cousas a Miranda, e Rui de Nelas enviou ao Porto o feitor à compra do precioso enxoval.

Natural seria que o velho, contente e distraído, perdoasse ao vigário de S. Julião, ou esfriasse no ardor vingativo até esquecer o ingrato, e desprezá-lo fidalgamente.

Assim não foi. A natureza vai tão falsificada, que já me quer parecer que andamos a chamar natureza a tudo o que é arte: arte, digo eu, sinônimo de manha, ardil, malícia e obra de Satanás.

Escreveu Rui de Nelas ao seu procurador na Guarda, acusando o vigário de S. Julião da Serra. Foi padre João chamado à câmara eclesiástica para responder sobre o casamento irregular de Casimiro Betancur e D. Cristina de Nelas. Ingenuamente relatou o vigário que os casara com a licença vocal do pai da contratante. Redarguiram-lhe que era apócrifa a licença, e dali sem averiguações o suspenderam do exercício paroquial.

Padre João, antes de recolher à vigararia para fazer entrega dos livros à posse do novo pastor, foi a Pinhel e serenamente bateu no portão do fidalgo.

Os criados receberam-no com má sombra, e um foi avisar o amo, e voltou dizendo:

— O fidalgo não lhe fala. Vá-se o Sr. Padre em paz, que o amo, se o vê, vai-lhe ao espinhaço.

— Diga ao Sr. Rui de Nelas que seu afilhado vem pedir-lhe perdão, e explicar o seu procedimento. O servo, vencido pela humildade, voltou ao amo, e trouxe esta resposta:

— Que lhe não perdoa, nem quer ouvir explicações.

— Um de vossas mercês — replicou o manso vencedor do Evangelho — faz-me o favor de lhe entregar uma carta?

— Entrego eu — disseram quase todos.

— Volto já. Saiu o padre a escrever na primeira tenda que se lhe prestou. Dizia assim a carta:

> *Meu bom padrinho consentiu verbalmente que eu casasse a Sr. D. Cristina com Casimiro?*
> *Consentiu.*
> *Meu padrinho requereu a suspensão das minhas funções paroquiais, alegando a irregularidade daquele casamento?*
> *Requereu.*
> *Devia fazê-lo?*
> *Cito perante Deus a consciência de meu padrinho.*
> *Se procedi mal, peço perdão. Se procedi bem, Deus me ampare. De V. Ex.ª afilhado, capelão e servo.*
>
> JOÃO

Rui leu a carta com arremesso, e releu-a com brandura. A sua consciência estava diante de Deus. O juiz era inexorável, e o velho supersticioso, talvez. Tremia, e queria fugir de si próprio. Carregava-lhe no peito a mão férrea da justiça divina, e abafava-o. Rui chamou o criado, e mandou entrar o padre. O padre, porém, entregara a carta, e saíra caminho de Vila Cova.

Deixemos o delinquente a revolver-se no inferno que se abriu com mão iníqua, e sigamos o homem de ânimo inteiro, o humilde triunfante.

Chegou a Vila Cova de rosto alegre, e disse:

— Certamente, Ladislau, não te enganaste com as palavras de meu padrinho, respeito ao casamento da filha?

— Não me enganei; foram estas: *Casem; mas que eu não os veja mais.* Por que me perguntas?

— Fui suspenso de vigário, a requerimento do Sr. Rui de Nelas.

— Mas estás em paz contigo e com os teus deveres.

— Estou.

— Então, descansa na tua casa, meu irmão. Fica ao pé de tua irmã. Vila Cova, sem padre, está como viúva saudosa e inconsolável. Os teus paroquianos já te amavam: paga-lhes o amor ficando entre eles. Virá outro vigário enviado do governo; e tu serás o enviado de Deus. Ambos são necessários. E tu para mim, e em minha casa, és o cúmulo de felicidade.

— Ficarei e trabalharei — respondeu padre João.

No dia seguinte, chegou à residência de S. Julião da Serra outro pastor. Daí a curto espaço, estava o adro a transbordar de povo. A notícia chegou aos campos, e os agricultores ergueram mão da safra, e acorreram ao presbitério.

Feita a entrega de livros e utensílios da igreja, padre João saiu ao adro, e disse:

— Meus amigos, como no pouco tempo, que vos paroquiei, não houve espaço de mostrar meus vícios, saio entre vós sem vos deixar má nota, escândalo ou desamor. Como fostes rebanho de um pastor santo, que me antecedeu, achei-vos dóceis, bons e virtuosos. Edifiquei-me entre vós, e aprendi a crer na influência de um bom pároco. Creio que a vontade do Altíssimo é que os vossos pastores no futuro não destruam as obras boas dos passados. Eles semearam: vós sois o fruto, e de vós hão de frutear muitas gerações. E, por isso, é fé minha que o vigário novo terá o espírito dos antigos. Sede com ele o que fostes comigo. Ficai com Deus.

Os ouvintes abraçaram-no em tropel, debulhados em lágrimas; e ele, ensopando com as suas a manga da batina, encostou-se ao ombro de Ladislau, caminhou para vila Cova.

À mesma hora, Rui de Nelas, humilhado pela consciência na batalha com o orgulho, escrevia ao procurador, mandando-o que fosse ao paço episcopal e encarecidamente solicitasse o pôr pedra sobre o processo contra o padre vigário de S. Julião da Serra, e levantar-se a suspensão. E desculpava a mudança de seu ânimo, com ter-se lembrado que dera verbalmente a licença, e o padre, em virtude disso, procedera regularmente. Encarecia em termos aflitos os seus escrúpulos e remorsos, pedindo a máxima brevidade no levantamento da suspensão, e retirada do novo vigário.

Ora vejam que alavanca de ferro a prostrar um soberbo foi a humílima carta de padre João! Estas vitórias dá-as o Evangelho; e as bandeiras triunfais são estas. Que é vencer César a Pompeu, ou Cipião a Aníbal? Que é Roma armada avassalar o mundo? Que é Napoleão devastando reinos e homens à frente de milhões de escravos? Dobrar o orgulho dum homem quando se lhe pede perdão de um inventado agravo, isso sim é que é vencer. Qual filósofo, antes do divino Cristo, ensinou a citar ao tribunal do juiz supremo a consciência dum mau, e fazê-lo aí acusar-se, dobrar-se, condenar-se, e reparar o ruim feito, a afronta, a injustiça?

Alguns dias passados, padre João Ferreira era restituído à posse da igreja, visto que ulteriores informações abonaram a regularidade do matrimônio acusado indevidamente.

O povo da freguesia exorbitou da sua costumada prudência, saltando por cima das admonendas do seu vigário. Os mais entusiastas fizeram fogueiras como em noite de S. João, e correram a freguesia com estúrdias instrumentais, e foguetes de lágrimas. Cotizaram-se seis lavradores abastados para celebrarem o sucesso, num aprazado domingo, mandando fabricar um balão na Guarda, e comprar na botica os ingredientes para a ascensão, com grande cópia de girândolas e quantas invenções pirotécnicas se achassem na Guarda e Viseu afora a música de Pinhel. O vigário empenhou rogos e autoridade em demovê-los; porém, como os visse inquebráveis no intento, chamou ele artificiosamente a si o dinheiro destinado às festivas despesas, obrigando-se a fiscalizá-la do melhor modo.

Chegou o domingo aprazado. Logo de madrugada os lavradores foram à residência do vigário a tomar conta dos objetos, que deviam ter chegado no sábado. Padre João mostrou-lhes uma arca de pinho, e disse:

— O balão, que há de chegar ao céu, já ali está naquela arca.

Os lavradores quiseram vê-lo; mas o padre diferiu para as onze horas desencaixotar o balão, que havia de chegar ao céu.

— E os foguetes? — perguntaram eles.

— Também chegam logo, e hão de ser todos de lágrimas.

— E a música?

— Vem também; e há de ser música de anjos. Os paroquianos encararam-se mutuamente, e murmuraram:

— Aqui anda marosca!...

No fim da missa do dia, por volta de onze horas, o vigário assomou no arco da igreja, tirou de entre os colchetes da batina um papel, onde eram inscritos os nomes de doze velhos pobres e doentes da freguesia. À proporção que os ia chamando, os velhinhos saíam de entre a multidão, e colocavam-se em frente do vigário.

Chamando o duodécimo, que subiu amparado por dois netos, o padre mandou conduzir da sacristia para o arco da igreja a arca de pinho, que os lavradores tinham visto na casa paroquial. Abriu ele a caixa, e foi tirando e repartindo por cada um dos doze pobres uma roupa inteira de pantalona, colete e véstia de saragoça. Os velhos recebiam com mãos trêmulas a esmola, e murmuravam palavras de bênção, e alimentavam os olhos turvos de lágrimas para verem o seu remédio do próximo inverno. Finda a repartição, o vigário, procurando com os olhos os lavradores cotizados para a função, disse-lhes:

— Aqui está, meus amigos, o balão que chega ao céu: ali tendes no rosto daqueles anciãos inválidos e doentes as lágrimas, que são lágrimas de graças ao Senhor e de gratidão a vós. Haveis de confessar que as lágrimas dos foguetes são menos brilhantes e consoladoras. Enquanto à música, dir-vos-ei, meus bons amigos, que os anjos do céu assistem com as suas músicas a esta festa. Se fiscalizei mal os vossos trinta e seis mil-réis, acusai-me para eu vos repor.

Disse, e logo um, e todos os lavradores lhe foram beijar a mão; e os pobres, a não serem retirados brandamente, iriam beijar-lhe os pés.

Ao meio-dia em ponto, no sobrado da residência, estava posta uma mesa com treze pratos. Na cabeceira sentou-se o vigário, e os doze pobres já lavados e vestidos, lateralmente. O jantar viera cozinhado de Vila Cova: o bodo aos pobrezinhos fora devoção de Peregrina.

Ladislau e sua mulher serviram os convivas, um de cada lado, já partindo em pequeninos bocados a ração de cada pobre, já ministrando-os à boca do mais entrevado, que se não servia de suas mãos.

Em redor da mesa, de pé, silenciosos e como arrobados naquele espetáculo santo, estavam os principais lavradores da freguesia. Por vezes, uma ou outra voz, mal desabafada das lágrimas, murmurava:

— Louvado seja o Senhor!

E cada lavrador enxugava os seus olhos.

Concluído o jantar, ergueu-se o sacerdote, e deu graças a Deus, em voz alta; e, ao sair da mesa, proferiu estas palavras:

— Louvemos o Altíssimo porque nos deu coração para sentirmos as alegrias da caridade. Esta virtude, que comove até aos prantos consoladores, é a sombra dos contentamentos da bem-aventurança. Meus amigos, a vossa festa acabou; mas eu espero em Deus que haveis de vê-la continuada no céu.

IX

D. ALEXANDRE É ESPALMADO

Decorreram dez meses sem sucesso digno de menção, a não ser o nascimento do primogênito dos bem-aventurados de Vila Cova. Recebeu na pia batismal o nome de seu avô, sob cuja égide os pais o ofereceram. Foi padrinho o vigário, e madrinha D. Cristina, representada pela velha Brásia, a criada octogenária, que já não morre sem o contentamento de pôr as mãos no neto do santo, que ela conhecera criança.

E, com este espiritual parentesco, pagou Ladislau os setenta anos de companhia da sua serva.

Casimiro Betancur cursava o primeiro ano matemático, e era furriel de infantaria. Continuava a viver retirado da mocidade, exceto daqueles que o procuravam como auxiliador na interpretação de suas lições.

Um destes disse-lhe, uma vez, que, no curso de leis, andava um rapaz provinciano, que detraía publicamente Casimiro Betancur.

— Que diz ele de mim? — perguntou Casimiro.

— Misérias...

— Que são misérias?

— Diz que tu és sobrinho de um carpinteiro.

— Isso é verdade; sobrinho de um honrado carpinteiro. Que mais diz? Vamos às misérias...

— Que roubaste a senhora com quem és casado.

— Também é verdade. Fugimos para nos casarmos. Que mais?

— Diz que pagaste assim indignamente os benefícios que devias ao pai dela.

— Não procedi bem; mas todo o homem de coração me há de absolver. Como não a amei nem a raptei por ela ser rica, e não vivo nem pretendo viver do patrimônio dela, a minha dignidade é invulnerável.

— Isso não, diz ele... Mas eu ainda te não disse quem ele é...

— Já sei: é D. Alexandre de Aguilar Vito de Alarcão Parma d'Eça.

— É isso.

— Que diz ele em contrário do que eu afirmo?

— Que tu vives do produto das joias, que tua senhora subtraiu ao pai.

— Mente! — disse serenamente Casimiro, e acrescentou: — Não quero ouvir mais. Ouviram muitas testemunhas?

— No botequim da Rua Larga. Éramos mais de vinte rapazes e passavas tu nessa ocasião.

— Se desejas servir-me...

–Se desejo!... Quebro-lhe a cara, se isso te apraz.

— Não, meu amigo. Eu sou um homem como ele. O que eu te peço é que tomes nota das pessoas que ouviram a calúnia, para mais tarde pedires a presença delas.

— Facilmente: eu te digo os nomes... Eram...

— Escuso. Basta que tu os saibas. São horas de estudarmos a lição.

E abarcaram tranquilamente.

Volvidos oito dias, Casimiro Betancur disse ao condiscípulo:

— Amanhã é sábado. Peço-te que reúnas às seis horas da tarde, no botequim da Rua Larga, os teus amigos, caso aconteça lá ir D. Alexandre de Aguilar.
— Vai sempre: das oito horas em diante está embriagado.
— Contando que não o esteja às seis...
— Isso é raro. Quando o está às seis, é porque já se tinha embriagado às três.
— Ótimo! Espera-me lá.

Este diálogo correu na alameda fronteira à casa. O acadêmico escondia-se de sua mulher.

No seguinte dia, disse Casimiro a Cristina:
— Depois de jantar, vou ver um condiscípulo docente. É a primeira tarde que passas sem mim, filha.
— É verdade!...
— Mas não hás de sofrer, não? A saudade é uma companhia.
— Dizes-me isso com ar tão triste, Casimiro!
— É a saudade, minha querida.
— Pois não vás.
— Prometi ir; mandei-lhe dizer que ia...
— Deixa-me ver os teus olhos... — exclamou ela, aproximando-se de golpe.
— Que têm os meus olhos?!
— Lágrimas! Tu choras, Casimiro!
— Não...
— Um segredo! Um segredo para a tua Cristina!
— Serei eu um fraco! — disse ele como a si próprio, imaginando-se sozinho.
— Fraco por chorar? Se não tens razão, és... Mas tu, Casimiro, nunca assim te vi!... Não sairás hoje mais... Juro-te.

— Não jures, filha, que hei de sair...

— E dizes-me assim com esse império!?...

— É a honra...

— A honra!... Tu não vais ver um condiscípulo doente.

— Não. Menti-te, Cristina. Perdoa-me.

— Pois que é?! — atalhou ela sobressaltada.

Casimiro relatou exatamente o fato descrito, mostrou umas cartas recém-chegadas de Vila Cova e perguntou:

— Devo ir, Cristina?

–Vai! — exclamou ela. — Vai, já que eu sou mulher! E momentos depois, porque era mulher, abraçou-se nele, e soluçou:

— Ó Casimiro!...

— Quê, filha?

— Sê prudente, sim?

— Recomendas-o a mim?! Não viste que eu sofri oito dias, em silêncio, a afronta!?

E desprendeu-se dos braços dela.

Entrou no botequim da Rua Larga com tão pacato semblante, como se ali não fosse para mais que aligeirar as horas felizes da mocidade.

Os que o conheciam encararam em D. Alexandre de Aguilar.

O fidalgo de Miranda não conhecia Casimiro. Viu aquele sujeito fardado de infantaria 6, e disse:

— Isto é já botequim de soldados?

— É um acadêmico: o primeiro premiado de Matemática.

— É aquele — ajuntou outro — de quem tu contaste as proezas casamenteiras.

— Ah! O sobrinho do mestre Antônio? Lá me quis parecer que devia ser furriel.

Isto fora dito, muito à puridade, aos circunstantes, que não se riram.

O amigo de Casimiro aproximou-se da mesa e disse-lhe:

— Estão todos.

D. Alexandre, como visse esta aproximação, ponderou:

— Eles conhecem-se?!... Quem é este acadêmico, que lhe fala? Este que chamam Vilhena?

— É filho segundo de uma casa distinta de Braga...

— Cuidei que fosse filho primeiro de algum chapeleiro de Braga... Casimiro pagou a chávena de café, ergue-se e foi a passo mesurado à banca de D. Alexandre.

O fidalgo encarou nele, e logo nos circunstantes, como quem diz: "Que quer o tolo?!"

E os acadêmicos, que formavam cerco à mesa, abriram fileiras ao lado, arrastando os bancos.

Betancur fez um gesto cortês aos rapazes, e disse:

— O Sr. D. Alexandre de Aguilar conhece-me?

— Se o conheço...

Casimiro fez um gesto de cabeça afirmativo.

— Conheço-o de o ver agora aí, e dizerem-me quem o senhor é.

— Que sabe o senhor da minha vida? — tornou Casimiro.

— Que sei da sua vida?!

— Dispensemos o eco, Sr. D. Alexandre. Quem pergunta sou eu. Que sabe da minha vida?

— E seu eu lhe disser que não lhe dou satisfações? Agora sou eu quem pergunta.

— Respondo-lhe que o senhor é um infame, e depois arranco-lhe a língua.

O fidalgo Alarcão Parma d'Eça ia a dizer o quer que era, e engasgou-se. Casimiro Betancur continuou no mesmo tom de serena conversação:

— Disse V. Ex.ª que eu era sobrinho de um carpinteiro. Disse verdade. Que eu raptara uma senhora, cujo marido sou eu. É certo. Ajuntou que eu estava vivendo das joias, que minha mulher roubara a seu pai. Mentiu. Vejo que esta palavra não inquieta grandemente o sangue azul de V. Ex.ª. Ainda assim, quero imaginar que o Sr. D. Alexandre me pede provas da sua aleivosia.

Tirou Casimiro do bolso interno da fardeta duas cartas. Abriu a primeira, lançou-a sobre a mesa, e disse:

— Conhece essa letra?

— Conheço — respondeu D. Alexandre. — É de meu tio Rui de Nelas Gamboa de Barbedo.

— Pai de minha mulher — ajuntou Casimiro, voltando-se aos acadêmicos circumpostos; e, falando para eles, continuou:

— Como eu soubesse que o Sr. Alexandre me alcunhava de receptador dos furtos de minha mulher, escrevi a um homem de bem, pedindo-lhe que se apresentasse ao Sr. Rui de Nelas, meu sogro, perguntando-lhe se sua filha, no ato da fuga, subtraíra da casa algum objeto de valor, e o declarasse por escrito. Esta segunda carta é a resposta da pessoa encarregada; e diz: "O correio só dá tempo a dizer-lhe que o Sr. Rui de Nelas, apenas me ouviu, escreveu a declaração que conteúda remeto, e mostrou-se espantado de que a calúnia propale o que ele nunca disse; e de o não ter dito o jurou pela alma de sua mulher e honra de suas filhas. Sem mais. Seu amigo, *P. João Ferreira*".

— Leia agora o Sr. D. Alexandre a declaração de seu tio.

— Leia-a o senhor! — bradou com grande esforço de falsa coragem o caluniador esmagado.

— Leia! — tornou Casimiro com um lançar de olhos fulminante. O fidalgo tomou o papel nas mãos convulsas e deixou-o logo cair.

— A covardia cega-o! — disse Casimiro sorrindo. Algum dos cavalheiros tem a bondade de ler?

O mais chegado de D. Alexandre leu o seguinte: "Rui de Nelas Gamboa de Barbedo, de Pinhel, declaro que minha filha Cristina Elisiária não subtraiu de minha casa valor algum, nem os seus próprios vestidos e adreces, quando fugiu para casar-se com Casimiro Betencur.

E por isto ser verdade, mui espontaneamente, e com juramento aos santos Evangelhos, o declaro agora e sempre. Pinhel, 22 de abril de 1839. — *Rui de Nelas, etc.*".

— Está reconhecida a assinatura? — disse Casimiro?

— Está — respondeu o estudante, que lera. — E quando não estivesse, já o sobrinho a tinha reconhecido.

— Isso não valia nada — tornou o furriel. — Nenhum dos cavalheiros prestaria fé ao reconhecimento do Sr. D. Alexandre de Aguilar. Declare, pois, o Sr. Alexandre que mentiu infamissimamente e ofereça a cara para que todos lhe cuspam nela.

O fidalgo ergueu-se, e bramiu:

— O senhor!...

— Que mais? — perguntou Casimiro.

— Insulta-me?

— Não. Obrigo-o a sentar-se, que me incomoda vê-lo de pé.

E, dizendo, baixou-lhe no alto da cabeça uma palmada, que efetivamente o fez apoiar-se sobre as ilhargas.

E, voltando-se com rosto faceto aos acadêmicos, disse:

— O espetáculo foi feito, que o miserável não dá sequer um sofrível truão com medo. Agradeço a atenção dos cavalheiros, mormente com o sobrinho de um carpinteiro, que, por não ser nobre, tem vontade de ser honrado.

Saiu do botequim acompanhado de quase todos os estudantes. Os poucos, que ficaram, como que petrificados, por não saberem que dizer a D. Alexandre de Aguilar Vito de Alarcão Parma d'Eça, retiraram-se cabisbaixos.

Casimiro estugou o passo, caminho de Santo Antônio dos Olivais, e encontrou a esposa ansiada, fora de casa.

Contou-lhe, sem fatuidade, o essencial do acontecimento, e reservou o fato da monumental palmada na cabeça. O delicado moço julgou melindrar sua mulher, dizendo-lhe que castigara com a mão um seu parente.

Foi o sucesso estrondosamente contado e aplaudido em Coimbra, tanto era de razão aplaudi-lo, como por ser num tempo em que a mocidade acadêmica, popular e burguesa na máxima parte, desadorava os fidalgos castelãos, e não perdia lanço de os meter a riso.

D. Alexandre, no dia seguinte, foi para Miranda, em busca de remanso e solidão para pensar na vingança, vingança de covarde, que não podia já ser de outra natureza.

Vamos no rastro deste reptil. O extraordinário da chegada do estudante, quando as aulas estavam abertas e os atos não começados, devia ser de algum modo explicado a D. Soeiro e à parentela alvorotada. Contou ele que tinha tosse: e o caso foi que tossiu. O médico da casa apalpou-o, auscultou-o, e decidiu-se pela tosse, em concordância com a faculdade médica de Coimbra, que mandara a ares pátrios o mancebo, ameaçado de cousa séria. Em verdade, a pertinácia da embriaguez reduzira D. Alexandre a um viver morboso, astênico, e análogo ao do ético; e já não admira que a palmada capital do sadio Casimiro o fizesse sentar.

Supunha D. Soeiro que o casamento de Cristina era muita parte na doença do irmão, e curava de remediar o mal de amor com os amores novos da cunhada, que tinha em casa, galante menina, Mafalda de nome. Era a vigésima-nona Mafalda naquela família de Pinhel, entrando neste número a santa infanta Mafalda, fundadora do mosteiro de Arouca, irmã de D. Afonso II, que também era da família, pelos modos, e sem dúvida nenhuma.

Se a menina o amava não sei, nem averiguei, por ser demais na pauta deste escrito: o que me consta é que D. Alexandre, tão adentrado estava com os seus cálculos de vingança, que não dava pela prima, nem se lisonjeava do seu amor.

A única pessoa de Miranda, com quem se abria o fidalgo, era um desertor de cavaleria, muito dos Alarcões, espécie de molosso da casa, sob cujas telhas estava a seguro.

As inteligências de D. Alexandrre com o desertor são óbvias: curava de comprar-lhe o braço vingador; mas tão em segredo, que nunca viesse à luz a sua ignomínia.

Conchavaram-se de barato. D. Alexandre daria ao desertor basta quantia a transportá-lo ao Brasil; e o desertor, em mesquinha paga de tamanho benefício, mataria Casimiro Betancur.

Neste acordo, pediu D. Alexandre ao morgado que lhe deixasse levar como criado o desertor, visto que a plebe acadêmica se bandeara contra os estudantes fidalgos e devotos da causa vencida. Anuiu prontamente o irmão, contente de ver que D. Alexandre recobrava cores, e olvidara Cristina.

Abertas as aulas, voltou o moço à Universidade com o seu vingador, por tal arte disfarçado, que dava de si um rústico cavalariço, incapaz de fazer mal a fôlego vivo.

Os amigos dos anos anteriores fugiam-lhe, e novos nenhum lhe apertava a mão. O opróbio do fidalgo era ainda matéria de ociosos, revivido com a sua presença.

Preocupava-o a traça de fazer conhecido Casimiro ao seu

matador: cousa não fácil na multidão de mil e tantos moços, entre os quais raro se via o solitário de Santo Antônio dos Olivais.

O solícito confidente de D. Alexandre tomou sobre si o cargo de conhecer Casimiro, e esperava tirá-lo pelas feições, que lhe vira em Pinhel, quando ele era mocinho de quinze anos.

Neste intento, foi como de passeio a Santo Antônio dos Olivais; e, logo por fortuna, ao dobrar o combro de uma azinhaga, viu um sujeito de farda militar com uma senhora pelo braço.

— Cá está o homem! — disse entre si, e deteve-se a examiná-lo, sem atentar em Cristina, que o examinava a ele. Casimiro, por sua parte, nem deu tento do reparo do caminheiro.

Ora, Cristina tinha visto aquele homem em Pinhel, recebera da mão dele uma carta de D. Alexandre, e lembrava-se de ter ouvido dizer ao primo D. Soeiro que aquele soldado dos dragões era o seu guarda fiel, e com ele iria ao inferno atacar Satanás.

O desertor, porém, olvidou-se Cristina, e nem por sombra imaginou ser reconhecido.

A senhora estremeceu... e duvidou. Já ele se havia sumido, quando ela disse:

— Acautela-te, meu filho!

— De quê?

— Vi agora um criado dos de Miranda. Não pode deixar de ser ele... Veio com o Alexandre, e anda a espreitar-te.

— Que tem isso, Cristina?

— Tem que ele é um malvado... Ai, meu Deus! Daqui em diante não tenho momento de sossego! Queres tu que vamos embora deste ermo? Aluga casa na cidade. Podes ser assaltado no caminho. Tu és valente, meu Casimiro; mas duma traição ninguém se livra!

— Os prevenidos livram-se — atalhou Casimiro. Não vejo causa para medo; mas, se hás de viver inquieta, mudemos, filha.

— Sim: faz-me isso, que é anos de vida que me poupas!

Andava Casimiro em procura de casa, quando recebeu a seguinte carta de Ladislau:

"Meu compadre. Vai ser surpreendido com a minha petição, à qual subscrevem minha mulher e meu cunhado. Logo que esta receber, meta-se a caminho com sua senhora, e venham direitos à sua casa de Vila Cova. Iremos os três esperá-los a meio caminho. Perder um ano da Universidade não faz implicância à sua futura sorte, se ela tem de ser boa. Esperamo-los; porque não posso acreditar que meus compadres faltem ao seu *Ladislau*".

Casimiro leu, e disse:

— Vamos, e vamos hoje.

X

A VITÓRIA DUMA CRIANCINHA

D. Mafalda de Nelas, voltando de Miranda a Pinhel, trazia a escalavrar-lhe o coração o espinho do despeito. Isto não induz a liquidarmos que a menina amasse o primo D. Alexandre. O despeito nas senhoras basta a explicá-lo a indiferença mesma dos homens que elas desamam.

Como quer que fosse, Mafalda saíra de Miranda, odiando o cunhado de sua irmã, no dia seguinte ao da ida dele para Coimbra.

Eis aqui o que ela contou ao pai, logo que chegou:

— Estava eu numa das grutas da quinta, quando o primo Alexandre, sentando-se, sem me ver, nas costas da gruta, deu um grande assobio. Fez-me curiosidade aquilo, e estive quieta para ver o que surtia dali. Pouco depois, chegou um homem de grandes barbas, que eu já tenho visto em nossa casa em companhia do mano D. Soeiro.

— Bem sei, o desertor — atalhou o pai.

— É isso: eu já tinha ouvido lá dizer à mana que ele era desertor.

— E depois?

— Depois o primo, assim que ele chegou, disse-lhe: "Olha que vais comigo para Coimbra. Está decidido", e o desertor respondeu:

"Pois isso é que é preciso!" "Mas vê se aparas essas barbas, que tens cara de facínora", disse o primo; "eu tenho medo que, em aparecendo morto o Casimiro, todos digam que foi obra do meu criado. — Eu, quando tal ouvi, comecei a tremer, e tive medo daquele homem! Quis dizê-lo à mana Guiomar; mas ela fala tão mal do Casimiro e da mana Cristina, que julguei imprudente dizer o que eu ouvira.

— E depois? — atalhou o velho com inquietação.

— Depois, estiveram a falar em facadas e tiros. E o desertor dizia: "São dois palmos de ferro, fidalgo". E tirou da algibeira uma navalha, que reluzia, e tamanha, meu pai, como eu nunca vi! Ainda disseram mais cousas que me não lembram, e foi cada um para seu lado. Ó papá, eles irão matar o marido da mana Cristina? Coitado!... Por que é que o matam?

— Dá-me papel e tinteiro, e um criado que aparelhe o macho para ir imediatamente a um recado.

Rui de Nelas escreveu esta carta:

"Sr. Ladislau. Sei que alguém intenta matar em Coimbra o marido de Cristina. Há três dias que para ali partiu o assassino ou assassinos. Avise-o como seu amigo, para que se acautele, ou se retire. Eu aborreço os infames, e as vinganças covardes: por isso me apresso a participar-lhe este plano, que oxalá não esteja executado, quando chegar a sua carta. Espero em Deus que não. Do seu amigo, *Rui de Nelas*".

O criado partiu a toda a brida.

Ladislau leu a carta em suores frios. Escreveu duas linhas de agradecimento a Rui, e preparou-se para ir a Coimbra. Acaso entrara o vigário e, lendo a carta, impediu-o de ir, alegando que o correio chegava primeiro.

Padre João e seu cunhado sabiam os sucessos de Coimbra, e, sem se consultarem, nomearam D. Alexandre.

— Casimiro está vivo — disse com firmeza o padre.

— Quem no-lo assevera?! — perguntaram Peregrina e Ladislau.

— É o raciocínio. Alexandre é incapaz de matar de rosto ou à traição. Precisamente leva um sicário assalariado que eu conheço há dez anos. Os facínoras por estipêndio são muito covardes, porque amam tanto a vida que, para sustentá-la, se expõem a perdê-la. Se D. Alexandre ofendido vergonhosamente carece de ânimo para se desafrontar, devemos crer que ao carnífice alugado falte a coragem para acometer o homem que o não ofendeu. Além de que, eu vou jurar que Casimiro se prepara contra as insídias do seu inimigo, e terá só de pelejar com um homem. Sobre todas estas conjeturas, roguemos a Deus pela vida do nosso amigo e escreve-lhe a chamá-lo em termos que não assustem Cristina.

Escreveu Ladislau a carta copiada no anterior capítulo; e, no dia seguinte, saíram de Vila Cova, e, à segunda jornada, pernoitaram em Gouveia. Dois dias depois chegaram Casimiro e Cristina.

A esposa de Ladislau, para abraçar sua comadre, pousou sobre o leito a criancinha, que lhe adormecera no seio.

Cristina, porém, como se não visse o fervor da amiga, ajoelhou à beira do leito, e beijou sofregamente o menino, que sorria aos afagos de algum anjo. Era belo de verem-se todos cinco, em redor da criança, como se para outro fim se não reunissem! Parece que ela lhes estava dizendo: "Distraí vosso espírito de dores que eu estou pedindo a Deus que vos defenda".

Peregrina pôde furtar as carícias de Cristina, tomando-a para si com força.

— Estava a invejar-te, minha comadre! — disse a esposa de Casimiro. — Mas olha, não devo invejar-te, não!...

E disse-lhe ao ouvido breves palavras, explicadas pela exclamação de Peregrina:

— Sim? E não o tinha dito!... Que ditosa seremos com os nossos filhinhos!

O vigário sorriu-se, e murmurou:

— Não há crianças mais crianças que as mães! Estas alegrias raras vezes lhes recomeçam depois aos filhos!...

Casimiro concentrou-se tristemente, e Cristina disse:

— Não falem em mãe diante de meu marido, por quem são!

— Falem, falem — disse Casimiro — que eu tenho de encontrá-la no céu pelo muito que a desejei neste mundo. E, tomando o braço de Ladislau, chegou a uma janela, e perguntou:

— Que é isto? Que significa esta chamada?

— Não me pergunte diante de sua senhora.

— Por que não? Ela é forte. Se um dia me fraquearem os esteios da honra, minha mulher há de fortalecer-nos. Diga, meu compadre.

Ladislau mostrou a carta de Rui de Nelas; e Cristina, ouvindo-a ler, exclamou:

— Não te disse eu?... Era o desertor ou não?

— Era o desertor — respondeu o vigário.

— Pois sabia? — acudiu Cristina.

— Disse-me a razão e a prática dos *valorosos barões* de Miranda. V. Ex.ª viu-o?

— Vi; mostrou-me o nosso anjo da guarda!... E meu pai é que te avisa, Casimiro! Quem me dera poder beijar-lhe a mão!

— Seu pai é um homem de bem às direitas, minha senhora — disse o vigário. — Seria um modelo de virtuosos, se os preconceitos de raça o não molestassem. Porque não há de V. Ex.ª ainda beijar-lhe a mão? Esperemos.

— E agora? — disse Casimiro. — Que querem de mim? Será airoso que eu me vá esconder a Vila Cova das iras de D. Alexandre?

— É dever de marido e pai fugir o perigo — disse Ladislau. — Sabemos que lhe sobra ânimo; porém agora, quer-se e requer-se que o coração seja maior que o ânimo. Sua senhora manda; o vigário aconselha; e minha mulher e eu rogamos. Falta-lhe paciência para viver alguns meses na tristonha casa da serra? É assim ingrato àquela terra agreste onde desabrocharam todas as flores da sua felicidade, meu compadre?!

— Ó meu amigo, meu generoso irmão! — exclamou Casimiro, nos braços de Ladislau. — Vamos, vamos para Vila Cova. Lá sei eu que tenho segura a vida, a alegria, e sempre viçosas as flores da felicidade, que se abriram no seu nobre coração, e para mim! Não é covardia fugir. Covardes são os que não têm uma esposa, e fogem; covardes são os que não têm amigos como vós, e fogem!

— E no filhinho não falas? — disse Cristina sorrindo-lhe com encantadora meiguice.

— Não o disse eu! — acudiu o vigário. — Agora, quer V. Ex.ª que todo o coração de seu marido esteja embebido do futuro filhinho! Valha-o Deus, mães loucas do amor de vossos filhos, que sois capazes de ceder do coração dos maridos em benefício dos pequerruchos, anjos puríssimos a quem basta o bafejo do Senhor!

Nestas doces práticas, que eu, a medo, submeti à benevolência do leitor, se passaram as horas do descanso, até ao repontar da alva, em que prosseguiram sua jornada. Lá vão os felizes, escoltados por suas mesmas virtudes.

Entretanto, recebeu D. Alexandrre de Aguilar a nova de ter saído de Coimbra Casimiro Betancur, e o mesmo foi assoalhar, mediante alguns necessitados de sua recheada bolsa, que o furriel se evadira, sabendo que ia ser desafiado a duelo de morte.

Correu o boato, justificado por circunstâncias: a precipitação da saída, o estarem abertas as aulas, o ignorar-se o intento da retirada, o ter dito Casimiro, na véspera, que procurava casa em Coimbra, tudo induzia a crer a atoarda molesta à reputada intrepidez do militar.

A Vedeta da Liberdade, jornal portuense, publicou uma correspondência de Coimbra, em que se dizia em grifo: ... que um estudante militar, apelidado Betencur, fugira com a mulher para se não bater com D. Alexandre de Aguiar, acadêmico brioso, a quem, no ano anterior, insultara. E acrescentava: O tal militar é avezado a fugas: uma vez fugiu com a filha de um nobilíssimo cavalheiro, onde seu tio carpinteirava; agora fugiu com as costelas incólumes, porque o tio carpinteiro não sabe endireitar costelas quebradas.

O jornal apareceu em Vila Cova sobrescritado a Casimiro Betancur. Casimiro leu a correspondência em voz alta.

E Ladislau perguntou:

— Que é isso?

— É uma gazeta — disse o vigário.

— Uma gazeta? — perguntou Ladislau.

— Sim.

— Mas... desculpem a minha ignorância... como se faz isso?

— Isso quê, meu irmão?

— Como se estampam esses insultos?

— Estampam-se.

— Então... Estou confuso e vejo que me não percebem... As gazetas servem de insultar? Quem quer infamar alguém vai a casa do homem, que tem esse modo de vida, e diz-lhe: "Imprima lá esse insulto", é isto?

— É isso — elucidou o padre — com o acrescento de que o dono do jornal recebe tanto por linha do insulto publicado. Ladislau ergueu-se como nunca visto ímpeto de fúria, e exclamou:

— Então isso é infame! E a civilização que isso consente é barbaria, é o escárnio de Deus e das leis do nosso país!

Casimiro sorriu, e disse:

— A indignação de meu compadre tem graça!... A que distância este bom rapaz vive do mundo culto! Quer ele, talvez, que a civilização esteja em Vila Cova, e a barbaria em casa do jornalista!... A gazeta, meu querido amigo, tem outra face, que o Sr. Vigário lhe não mostrou, e é que, se eu quiser insultar daqui D. Alexandre de Aguilar, o mesmo dono da gazeta me vende o espaço do seu papel, e imprime o meu insulto; e, no dia seguinte, vende o mesmo espaço para o louvor de D. Alexandre e meu. O dono deste papel é como a estátua em que Aretino fixava as suas vaias aos reis e aos papas, num tempo em que papas e reis eram cousas sacratíssimas e invioláveis. Agora, que não há nada defeso, com que direito me hei de eu queixar? Não me alistei eu no exército que defende as instituições livres?! Seria paradoxo gritar eu contra uma alavanca do progresso, chamada nem mais nem menos que *Vedeta da Liberdade!* Os homens livres passam diante da estátua de Pasquino, e descobrem-se. Assim como a discussão racional e ilustrada aclara as escuridades e aplana os empeços da ideia útil, por igual razão as injúrias à pessoa, os ataques à moral de cada indivíduo servem de o abrir, à luz da análise, e ver tudo o que ele lá tem dentro do coração e consciência. A licença da imprensa é uma inquisição: em lugar de fogueiras tem atoleiros de lama. Das chamas do auto de fé saíram almas purificadas, no crer de alguns teólogos; e da lama da imprensa desbragada devem sair as consciências lavadas, no entender de alguns legisladores. Sejamos do nosso tempo, meu compadre.

— Pois, sim — disse Ladislau –, mas deixe-me render louvores a Deus por me ter dado o nascimento nestas serras! Eu não cuidei que era assim o mundo. Neste último ano, quantas paixões más que eu não conhecia! Meu mestre decerto as ignorava; senão, termas-ia dito. Os meus livros também mas não disseram...

— É porque os seus livros são bons — atalhou Casimiro Betancur. — A corrompida sociedade da Roma imperial não tinha gazetas; mas tinha historiadores e poetas. Se meu compadre os ler, imagina que maus inventores o querem deleitar com fábulas hediondas. O homem foi sempre mau; será mau até ao fim. A sociedade parece melhor do que foi, olhada coletivamente: é parte nisto a lei, e grande parte o cálculo. Cada indivíduo se constrange e enfreia no pacto social para auferir as vantagens de o não romper; porém, o instinto de cada homem, em comunidade de homens, está de contínuo repuxando para a desorganização. Eu aceito, como puros, os corações formados na solidão, a não se dar a segunda hipótese do provérbio, que disse: homem sozinho das duas uma: ou Deus ou bruto[4]. Melhor seria dizer, com Santo Agostinho, ou anjo ou demônio. Ladislau formou-se aqui, rescende virtudes extraordinárias; mas se for às cidades, à feira dos vícios, sentirá coar-lhe um veneno corrosivo nas entranhas; e, a meia volta, perderá de vista a benigna estrela destas suas montanhas. Ó meu amigo, não se alongue do seu paraíso! Não queira saber que nome tem, a dez léguas da sua aldeia, o que meu compadre chama dever, civilização, amor, caridade e Deus.

Os gozos da vida doméstica aligeiravam os meses de inatividade de Casimiro. Ao quinto de residência em Vila Cova, realizou-se a ventura saudada por Peregrina na estalagem de Gouveia: Cristina foi mãe de uma menina que trouxe do céu o seu quinhão de felicidade, do qual todos participaram.

Queria o pai que Ladislau e Peregrina fossem padrinhos; mas o vigário, consoante às velhas praxes de filhos casados contra vontade paternal, pediu que fosse convidado o avô, por carta de D. Cristina.

Escreveu ela com humildade sem baixeza uma carta, onde se lia este período:

---

4 *Aut Deus aut bestia.*

É a ternura filial que me anima a escrever a meu pai: não é a necessidade que me obriga. Se sou pobre, ainda não tive ocasião de sentir desejos de ser rica. O perdão de meu pai é que eu desejo e peço, se foi delito o ato que está sendo a minha felicidade. Quisera um dia beijar as mãos de meu pai e dizer-lhe que tenho tanta vaidade em ser sua filha V. Ex.ª como esposa de Casimiro.

Foi lida a carta e discutida. O vigário achou duras algumas palavras daquele relanço, e pediu a elisão das palavras: *se foi delito o ato que está sendo a minha felicidade*; bem como: *tenho tanta vaidade em ser filha de V. Ex.ª como esposa de Casimiro*. As primeiras palavras foram substituídas; as últimas não. Cristina nem ao marido obedeceu.

Rui de Nelas recebeu a carta, e leu-a sem rancor até às expressões rebeldes à censura do vigário; mas, neste ponto, rasgou o papel e disse ao portador:

— A resposta é esta: diz lá que eu é que não tenho vaidade nenhuma em ser padrinho de um filho do Sr. Casimiro.

Tal resposta magoou medianamente a família de Vila Cova.

— É soberbo! — disse Ladislau.

— Preconceitos de raça — acrescentou o vigário.

— Não tem outra falha a excelente alma do Sr. Rui.

— Pois há de ser padrinho da neta! — tornou Ladislau.

— Que capricho é esse, meu compadre? — perguntou Casimiro.

— Não é capricho: é batalha dada contra a soberba: havemos de amolgá-la com a brandura.

Na segunda dominga, posterior ao nascimento da menina, saiu, antemanhã, de Vila Cova, Ladislau, uma ama de leite, e a criancinha. Chegaram a Pinhel, às nove horas, e ele entrou à igreja paroquial, onde, por informações de mestre Antônio carpinteiro,

Ladislau soubera que o fidalgo ia ouvir missa. A ama sentou-se no adro, e esperou, rodeada de meninos, que se acotovelavam para ver o rosado rosto da batizanda.

Ladislau apresentou-se ao abade, com uma carta do padre João Ferreira, e conversaram.

Às dez horas tangeu a sineta à missa, e chegou o fidalgo com suas filhas, e foram ajoelhar na alcatifa da sua capela privativa. Antes do terceiro toque, o abade aproximou-se de Rui de Nelas, e disse-lhe:

— Faz V. Ex.ª a esmola de fazer cristã uma criancinha?

— Sim, abade, pois não!

— E de escolher a madrinha?

— Será minha filha Mafalda.

Chamou ele a menina, e acercaram-se do batistério.

A ama entrou com a criança, chamada pelo sacristão.

A um lado, estava Ladislau com uma tocha, escondendo-se ao lance d'olhos de Rui de Nelas.

Ao descobrimento da menina, Mafalda exclamou:

— Ai, tão linda que é!... Veja, papá! Ó manas, venham ver que perfeição!...

— Quem são os pais? — disse o fidalgo.

O abade, como tivesse começado as cerimônias do sacramento, não respondeu; e, pouco depois, perguntou:

— Qual é o nome?

— É o meu — disse D. Mafalda.

Findo o ato, foram à sacristia lavrar no livro o assento batismal.

O abade escreveu à vista dos apontamentos, e leu depois para conhecimento dos padrinhos:

"Mafalda, natural de Vila Cova, termo de Pinhel, filha legítima de Casimiro de Betancur, natural de Santarém, e da Il.mª e Exmª Sra. D. Cristina Elisiária de Nelas Gamboa de Barbedo"...

— Como?! — exclamou o fidalgo. — Como se entende isto? Que abuso foi este, Sr. Abade?

Ladislau saiu do escuro da sacristia, e disse:

— O abuso é meu, Sr. Rui de Nelas. E V. Ex.ª não me castiga, porque eu vou pôr em seus braços a criancinha a implorar o meu perdão e o de sua mãe.

E tomou a menina dos braços da ama, e depositou-a nos braços da madrinha, dizendo-lhe:

— Seja V. Ex.ª a intercessora de sua irmã!

— Dê-lhe um beijo, papá! — rogou maviosamente D. Mafalda.

O velho pôs a mão na face da criança, e disse:

— Não tens culpa tu, pobre inocente!...

E o abade continuou a leitura do assento batismal, sorrindo, e olhando por cima dos óculos para ver Rui de Nelas, que deixava chupar-lhe a criança no dedo mindinho.

Ao saírem da sacristia, o fidalgo disse à ama da criança:

— Vá lá a casa, depois da missa, mulher, e o senhor também, se quiser. Ladislau fez sinal de agradecimento.

Finda a missa, a menina foi levada a casa do avô. As quatro tias deram inquietações à ama, temerosa de que lhe abafassem a criança com beijos.

Entretanto, Ladislau contava a Rui de Nelas os sucessos de Coimbra e os aleives da correspondência da *Vedeta da Liberdade*.

O velho ouvi-o em silêncio; mas com ar de satisfação, enquanto aos brios de seu genro no justo castigo de Alexandre; porém, quando soube que as gazetas traziam o seu nome aparelhado com o do carpinteiro, irritou-se e clamou:

— Quando pensei eu de andar pelas gazetas!... É o que minha filha me arranjou!...

Este acesso durou alguns segundos.

Continuaram a conversar serenamente. Eram horas de partir para Vila Cova. O fidalgo mandou entrar a afilhada, e deu-lhe um beijo, e duas peças à ama.

E — caso único! — apertou a mão do lavrador de Vila Cova, e disse-lhe por último:

— O tempo fará o resto. É cedo por ora! A ferida sangra ainda!

— O bálsamo do Evangelho, Sr. Rui de Nelas... — respondeu Ladislau, saindo.

XI

GUILHERME LIRA

Seria ocioso, bem que alegre trabalho, contar os júbilos de Cristina, retomando ao seio a filha, que seu pai e irmãs tinham beijado. Casimiro, homem não estranho a vanglórias, que parecem ser condição das índoles arremessadas às glórias úteis, folgava de ver sua filha acariciada pelo fidalgo, cuja prosápia o moço, nas verduras dos dezoito anos, sinceramente invejava. Ó barro humano!

Disse Ladislau que Rui aprovara a saída de Coimbra, e esperava que o ano decorrido esfriasse a vingança de D. Alexandre, estando ele de mais a mais como vingado, fazendo crer que lhe fugia Casimiro. Era também este o parecer do vigário e de Ladislau. Casimiro, ainda assim, dizia contrariando:

— Não, meus amigos: o ódio dos fracos é inextinguível; é a única força, a energia tenebrosa, que lhes deu a natureza.

No seguinte ano letivo, voltou a Coimbra, com maior família, o pobre granjeador do futuro. Doía-lhe ter de aumentar suas despesas, saídas todas dos celeiros de Vila Cova. Era grande mágoa para o aberto coração de Ladislau entender em pacificar o espírito do seu amigo, fazendo-lhe sentir que escassamente lhe emprestava uma parte das sobras de suas colheitas. E santamente mentia Ladislau!

A sua lavoura, conquanto grande, era toda de cereais, vendidos por baixo preço, e urgentes ao consumo e vestir de sua família. O que ele estava despendendo era dinheiro antigo, que encontrara, ouro do século XVI, pecúlio amuado ao canto do armário de pau-santo, em que seus tios padres iam anumerando algumas moedas, muitas menos que as derramadas pela pobreza.

Lembrava-se Cristina de escrever ao pai, a pedir-lhe sua legítima materna. Casimiro, antes que ela expendesse o seu pensamento, atalhou-a nestes termos:

— Sendo preciso, iria primeiro pedir a meu tio carpinteiro metade do seu estipêndio de cada dia.

Peregrina, sabedora do intento, revelara-o ao marido.

Ladislau, a sós com a filha de Rui de Nelas, queixou-se, observando-lhe que era crueldade obrigá-lo a faltar à sua palavra, tendo ele dito a Rui de Nelas que sua filha e marido nunca lhe pediriam meios de vida.

Os raros amigos de Betancur, assim qué o viram em Coimbra, repetiram-lhe as calúnias divulgadas, fingindo não acreditá-las. O mais sincero e rude ousou dizer-lhe:

— Deste um mau passo em fugir.

— Não fugi. O amigo, a quem devo a minha subsistência em Coimbra, chamou-me, e eu fui.

— Não devias ir, tendo sido desafiado por D. Alexandre.

— Nunca fui desafiado.

— Como não foste!?

— Nunca fui desafiado; e, no caso de o ter sido, rejeitaria a proposta. Não jogo friamente a vida, que é de minha mulher e de minha filha, contra a vida de D. Alexandre, que é homem abjeto, nem contra a vida do mais extremado em probidade. Nunca para mim alguém provará sua honra, batendo-se com vitória, nem o vencido terei em conta de desonrado. O duelo pode significar algumas vezes coragem, mas sentença absolutória de um infame, nunca.

— Mas decididamente não fugiste ao duelo?

— Ofende-me a renitência — respondeu Betancur molestado.

— Desculpa, que é a renitência de um amigo zeloso de tua dignidade. A academia acreditou em D. Alexandre e nos propagadores de boato. Apareceram homens a dizerem que tinham sido agentes do desafio.

— Mentiram.

— Mas a mentira vingou.

— Estou resignado: já a vi impressa num jornal, e achei-me forte na minha consciência.

— Mas a opinião pública... — voltou o acadêmico, espicaçando, em nome da opinião pública, o ânimo impenetrável de marido e pai.

— Que queres tu que eu diga à opinião pública?

— Que a desmintas: escreve uma correspondência.

— Não desço.

— Descer! Pois é descer acudires por tua honra!?

— Se a consciência me não acusa, que logro eu em constituir a academia meu juiz? Além de quê, meu amigo, eu venho estudar. Falta-me o tempo para o útil: como hei de eu ir despendê-lo a entreter a curiosidade pública? Diz aos teus amigos que eu sou caluniado, e eles julguem-me a seu sabor.

— Faz o que quiseres: dou por cumprida a minha missão de amigo.

Cristina vivia tranquila. Ladislau, que lançara espias em Miranda, soubera que D. Alexandre saíra para Coimbra, e o desertor ficara. A nova agradou a Casimiro, receoso dos sustos da senhora.

Recomeçou o acadêmico os estudos do segundo ano, com fervor. Sabia que seus mesmos condiscípulos o detraíam, lamentando, como usam lamentar inimigos, a nódoa da farda de um militar. O fato estrondoso do botequim da Rua Larga tinha esquecido, ou era interpretado de vários modos, todos estúpidos; que a malquerença faz timbre em ser estúpida, quando não pode ser feroz. Todavia, a frechada não lhe vazava ao coração. O pai extremoso abroquelava-se com a filhinha, e dizia à esposa:

— Sede o meu mundo. Aos teus olhos sou quem sou, minha amiga. Infamem-me lá fora; mas diz-me tu, filha, que eu sou digno de ti.

Num sábado, ao cair da tarde, passaram à Ponte, vindos da Quinta das Lágrimas, Casimiro e sua mulher.

D. Alexandre de Aguilar estava sentado com numerosos estudantes nas guardas da ponte. Ao perpassar Casimiro, o fidalgo de Miranda tossiu aquele grunhido peculiar do insulto. Os acadêmicos de sua parcialidade, em respeito à dama, abstiveram-se de acompanhar o amigo na *troça*.

D. Alexandre, desenfreado como costumam os covardes no momento em que persuadem-se não o serem, disse:

— Não se envergonha aquela dama! Que ostentação e baixeza d'alma!

Cristina ouviu. O que o amor nobre faz de uma mulher tímida! Voltou-se contra o parente, e respondeu:

— É muito infame!

— Silêncio — disse Casimiro, apertando-lhe convulsivamente o braço. D. Alexandre expeliu uma cascalhada; e os acadêmicos, indiferentes ao conflito, disseram-se:

— Com efeito! É muito covarde o Betancur, que deixa assim insultar a mulher! Compreendam lá a decantada história do botequim!

Na extremidade da ponte, estava o acadêmico, já conhecido

por seus diálogos com Casimiro. O marido de Cristina aproximou-se dele, e disse-lhe:

— Conserva-te aqui um instante ao pé de minha mulher, que eu volto já.

— Não! — exclamou Cristina.

— Cristina! — disse ele com um aspecto que a esposa nunca lhe vira. E caminhou ao longo da ponte, sem denotar arrebatamento na serenidade do passo.

Os acadêmicos do bando de D. Alexandre disseram:

— É ele que vem!

O fidalgo desceu-se da guarda como quem se prepara a receber o agressor. Não era isso. O medo pesa como chumbo na região abdominal. Foi o gravame do medo que mecanicamente o desceu.

Casimiro lançou-lhe a mão esquerda à garganta, e com a direita levou-lhe a cabeça à aresta da guarda.

Depois, como o atordoado fidalgo escouceasse os coices instintivos da defesa, o agressor abarcou-o pela cintura, no propósito de o despejar ao Mondego. Acudiram-lhe muitos, sem, contudo, arremeterem contra o furriel. Casimiro sentiu nas barbas mão estranha. Olhou com impetuosa fúria, e viu Cristina, que punha as mãos suplicantes.

Descurvou os dedos da garganta do estudante, e deu o braço a sua mulher. Pelo ar quieto, com que ele saiu ao fim da ponte, haviam de imaginar que o sujeito acabava de abraçar um amigo!

Grande parte da academia parecia andar envergonhada depois deste sucesso. Os detratores, chamados por algum amigo de Betancur, a dizerem acerca do fato, corriam-se, e gargarejavam o desmentido, que os suplicava.

O acadêmico, mais dorido do descrédito de Casimiro, seguiu-lhe os passos a casa, abraçou-o com transporte e exclamou:

— Tu é um grande homem!

— Vem ver minha filhinha como dorme docemente — respondeu Casimiro.

— Que dirão agora os caluniadores? — tornou o acadêmico.

— Que eu sou um assassino.

— Um bravo! Um modelo de dignidade.

— Como quiserem. Vem ver minha filha, se gostas de criancinhas. Foram. A mãe, que, uma hora antes, sentira desnodo viril para agredir o insultador, estava agora chorando sobre as faixas da filhinha. Casimiro aconchegou-a de si e murmurou:

— Então? Que é isso, filha?

— Tremo pela tua vida, Casimiro.

— Convence-te, Cristina: eu não posso ser morto por D. Alexandre, nem por assassinos de sua paga.

O fidalgo dos Vitos Alarcões tratou da cabeça na cama, uns quinze dias; parece que o granito lhe entrou dentro obra de meia polegada, sendo que em tal cabeça nunca tinha penetrado cousa alguma outra. Fechada a brecha, meteram—se férias de Natal, e o convalescente foi para casa.

Ladislau, sempre atento aos passos do desertor, soube que chegara a Miranda D. Alexandre de Aguilar, de cujo infortúnio na ponte já estava informado por carta de Cristina, que incessantemente lhe pedia toda vigilância sobre o celerado.

D. Soeiro deu logo tento da cicatriz da cabeça fraterna, e disse:

— Levaste ou caíste, mano?

— Caí do cavalo.

— Bom tombo! Ias ficando sem um olho! Estás um limpo cavaleiro, não tem dúvida!

E ficaram nisto; mas as famílias doutros acadêmicos de Miranda, de boca em boca, fizeram chegar às orelhas de D. Soeiro de Aquilar a rija sova que levara o irmão.

O Senhor dos Couto de Fervença e Caçarelhos, Estevães e Vilarica disse ao irmão:

— Como assim?

— Assim quê? — perguntou D. Alexandre.

— Corre que essa cicatriz foi bordoada que levaste! Foi ou não?

— Foi desordem: dei e levei.

— E ficaste mal?

— Fiquei ferido; mas sem desonra. O adversário era valente como as armas.

— Quem?

— O marido da tua cunhada.

— O vilão? E vive!...

— Por enquanto... vive!...

— De que serve aqui o Airão?

Airão era a graça do desertor.

D. Soeiro acrescentou:

— Leva—o, e mostra—lhe. Acabemos com isto de uma vez... Estou a ver quando o tio Rui de Nelas recebe o genro em casa. Já lhe batizou o filho, e, escrevendo a Guiomar, falou—lhe de Cristina com piedade. O tio Rui degenerou. Se viver muito, há de envergonhar-nos.

Foi para Coimbra D. Alexandre.

Ladislau recebeu a ponto a informação: o desertor ficara. Avisou o de Vila Cova. Cristina exultou; mas, seis dias depois, recebeu novo aviso: o sicário partira aforrado, e em disfarce. A pontualidade destas informações devia—se a um jornaleiro de Vila Cova, o qual, industriado por Ladislau, fora a Miranda pedir trabalho à casa dos Alarcões, e lá ficara servo de lavoura.

D. Alexandre concertara o plano do homicídio, com estúpido ardil: já se lhe não dava que se lhe imputasse a morte de Casimiro; e, para desviar suspeitas de braço estranho, escondia o matador em casa.

Airão entrou de noite, e sumia-se de dias nos quartos escuros da casa. Os frequentadores dos jantares de D. Alexandre guardavam delicada reserva acerca da desgraça do mês anterior. O anfitrião é quem, uma vez por outra, dizia:

— Tenho sede de sangue!

Ou bebendo até cair, exclamava:

— À saúde do assassino, que há de vingar a honra de vinte gerações de fidalgos de solar conhecido!

Defronte de D. Alexandre morava o estudante de direito Guilherme Lira.

Lira foi o mais esforçado e turbulento acadêmico dos seis anos subsequentes à restauração da liberdade.

Presidiu a famigerada Sociedade da Manta[5]. Era o pau mais valente do Ribatejo, e o mais fidagal inimigo dos patrões.

Do fidalgo de Miranda tinha ele nojo, novo favorável ao covarde; se fosse ódio, tê-lo-ia desorelhado.

Observou Guilherme de Lira que em casa do vizinho D. Alexandre estava um homem de cara sinistra, o qual se escondia no escuro da casa assim que nas janelas fronteiras assomava gente. Lira espreitou, e viu-o acendendo o cachimbo no charuto do amo,

---

5 A Sociedade da Manta era uma congregação de mancebos destemidos que tiveram Coimbra aterrada, e reagiam ao exército, quando não achavam *futricas* que escadeirar.

e gesticulando com aquele jeito das feras humanas, vezadas ao trato da taverna, da feira, e da encruzilhada.

Guilherme simpatizava com Casimiro Betancur. Depois do fato da ponte, estando ele com o seu bando de bravos na Calçada, viu Casimiro, que vinha com sua esposa. Lira saiu da roda, foi à frente do furriel, e disse com os olhos em Cristina:

— Dê-me V. Ex.ª licença que eu abrace seu marido.

E pegou dele ao alto sofregamente, exclamando:

— Que pena que tu sejas casado, homem de fígados, que te queria entregar o macete da minha loja!

Casimiro sorriu, agradeceu, e apertou-lhe afetuosa e modestamente a mão.

Isto explica a espionagem de Lira, e o aventar de pronto que o ignóbil vizinho traçava a morte de Casimiro.

Foi logo dali em procura do estudioso matemático, e disse-lhe:

— Olha que o covarde tem uma besta fera em casa. Estuda sossegado, que eu te guardarei, porque não estudo, nem tenho que fazer.

— Agradeço — disse Casimiro —, mas em verdade te juro que não temo a besta-fera.

— Bem sei, rapaz, bem sei; mas o que eu te venho dizer é que não penses mesmo no modo de a mandar ao diabo. Isso cá se arranja. Adeus: não te quero roubar tempo.

Descobriu Guilherme que D. Alexandre saía de noite, e com ele outro acadêmico sobre quem a capa mal-ajeitada ia delatando a contrafração.

Fez-se Lira encontrado com eles, meteu-lhes a cara, e reconheceu o assassino, sob o disfarce de estudante.

A traça do homicídio era desesperada. Como Casimiro passava as noites estudando, Airão lembrara, ia matá-lo em casa. O rancor aplaudiu o alvitre, e acelerou a execução. D. Soeiro esporeava de lá os brios do mano, e pasmava da demora.

Descobriu Lira que os vizinhos por volta de dez horas paravam à sombra do Arco, que faz a estrema da *Couraça dos Apóstolos*, onde morava Casimiro, e depois subiam distanciados a calçada, e o mais corpulento, que era o disfarçado, contrapunha de leve o ombro a uma porta de quintal, ou remirava a janela alumiada pelo clarão do candeeiro, ao qual Casimiro estudava até duas horas da manhã.

As portas apalpadas não davam de si: arrombá-las com estrondo seria derrancar o plano.

Acudiu nova ideia ao homicida: chamar Casimiro à janela, e desfechar-lhe um tiro.

Reflexionou D. Alexandre, e previu que a opinião pública havia de reprovar o covardíssimo feito.

Rejeitou, portanto, a ideia, e reforçou-se na do assalto.

Casimiro Betancur ignorava o que ia cá fora em sete noites sucessivas. Guilherme achou inútil avisá-lo, e inconveniente mesmo ao seu heroico desígnio. Queria ele egoisticamente para si a cabal satisfação de castigar os miseráveis, sem incômodo do estudante. A muito custo se refreara, durante as sete noites, à espera de lhes compreender o intento, e sair sobre eles no momento de o praticarem.

Guilherme Lira desvelava-se e preocupava-se desta catástrofe, como se a vida de pai, irmão, ou amada corressem perigo!

Sublime doido! Simpática loucura!

XII

SERENIDADE DA INOCÊNCIA

Às dez horas de uma noite de janeiro de 1840, Cristina, convidada pela limpidez da lua, tão brilhante naquelas noites, se o céu está desanuviado, chegou à janela, sem correr as vidraças. Do exterior não podia ser vista, que era completa a escuridade dentro; viu, porém, Cristina, dois homens parados na rua, com as cabeças muito conchegadas, em agitada e inaudível conversação. Teve medo, e correu ao gabinete do marido a chamá-lo. Casimiro, pé ante pé, segundo a esposa lhe recomendava, espreitou, e, sem hesitação, disse:

— Um é D. Alexandre; o outro não conheço. Vejamos o que fazem.

— Vê! — disse Cristina. — Olharam para a janela do teu quarto.

— É uma contemplação estúpida! — redarguiu Casimiro. Agora esconderam-se debaixo das janelas.

— Quererão escalar a casa?! — tornou ele em ar de mofa.

— Quem sabe?! Olha... Lá deram um encontrão à porta do quintal!

— É que são ratoneiros de couves. Que podem eles querer do quintal senão as tuas couves galegas?

— Tu brincas, meu Casimiro!... Olha que isto é sério!... E não passa patrulha nenhuma!...

— Cala-te, criança! Se te ouvirem, perdemos este espetáculo gratuito. Deixa ver no que isto dispara. Lá vem outro estudante, rente pela parede dalém! Como ele se embuça!

— Parou! — disse Cristina, agitada.

— Será da malta?! As couves não chegam para todos.

— Lá vai para baixo.

— E os outros seguem-no.

— Já não seguem.

— Eles aí voltam, outra vez para a sombra.

— Outro empurrão à porta da escada! — murmurou Cristina alvoroçada e trêmula.

— Então o negócio não é da horta! Teremos hóspedes assim malcriados! Ver-me-ei forçado a recebê-los com igual delicadeza.

A arma única de Casimiro de Betancur era uma enferrujada espada de seu pai. Tirou-a debaixo do leito, e disse à esposa:

— Deixa-me a escada livre, e não temas.

— À escada não vais: pode vir um tiro!

— Não vem tiro nenhum: apaga todas as luzes.

Dois estrondosos encontrões meteram dentro a frágil porta. Cristina soltou um ai, e involuntariamente correu ao leito onde a menina chorava acordada pela rija pancada.

Casimiro estava no topo da escada, e viu do lado da rua um homem de batina acadêmica apanhar de ombro a ombro, com um pau, as costas do que ele afirmara ser D. Alexandre. Os dois agressores saltaram ao meio da rua, e Casimiro ia na cola deles, quando Cristina, com a menina nos braços, lhe estorvou o passo, exclamando:

— Casimiro, Casimiro! Pela tua filhinha te rogo!

A catástrofe, tão almejada de Guilherme Lira, rematava assim na rua. Airão, logo que o amo levou a primeira pancada, correu de faca sobre Guilherme, e recebeu em cheio peito uma choupada, e segundo no ventre.

Já cambaleava moribundo, quando recebeu a terceira, e bateu nas lajes com a face morta.

D. Alexandre ia fugindo, com a máxima velocidade de sua prudência, quando uma segunda bordoada o apanhou pela nuca. Rugiu e afocinhou, forçado por um doloroso raspar de ferro na orelha direita.

Guilherme volveu a sondar a respiração do desertor e responsou-o ao diabo.

Dali correu à escada de Casimiro, e chamou-o.

— Quem é? — respondeu Casimiro com a espada apontada.

— O Lira. Creio que estão ambos mortos; um decerto. Agora, acautela-te... Já está gente nas janelas. Posso sair pela porta de trás? Aqui reconhecem-me.

— Sai — disse Casimiro. — Vem por aqui... Quem mataste?

— Boa pergunta! A besta fera não se levanta mais; o outro desconfio que está vivo. Deixá-lo viver... Por aqui?... Bem... Adeus! Segredo de sepultura, ouviste?

— A recomendação é indigna de mim.

Guilherme de Lira entrou no Beco das Flores e sumiu-se de travessa em travessa, reaparecendo, vestido à futrica, na Couraça dos Apóstolos.

Quando chegou, ocupavam a rua centenas de pessoas. Em redor do cadáver de Airão estavam muitos estudantes de envolta com a polícia. Nenhum acadêmico reconhecia o morto, que trajava batina, bem que tivesse ileso o rosto. Enquanto a este, esperou-se o dia para lavrar o auto.

D. Alexandre já tinha sido transportado em braços, e moribundo, segundo diziam os que lhe viram o rosto ensanguentado, e ouviram o arquejar estertoroso do peito comprimido pelo derreamento das costas.

A vizinhança dizia que vira entrar um homem de batina e capa nas escadas de Casimiro Betancur. A opinião geral decidiu que fora Casimiro o assassino, visto que o sujeito entrado não saíra.

Cristina chorava, e dizia, ouvindo as vozes da rua:

— Que será de nós? Prendem-te, Casimiro. Fujamos... Vamos para Vila Cova.

— Sossega, filha. Se me prenderem, hão de soltar-me! Atende-me, Cristina: nunca dirás uma só palavra com referência a este acontecimento. Nunca proferirás o nome de Guilherme de Lira. Nunca dirás que eu estou inocente. Juras-me?

— E tu... perdido, meu infeliz amigo... perdido! — atalhou ela, arquejante de gemidos. — Desgraçado por minha causa!...

Casimiro apertou-a ao seio, e disse-lhe:

— Crês em Deus?

— Se creio em Deus...

— Crês que a justiça divina me faça padecer inocentemente?...

— Mas a justiça humana... — interrompeu ela.

— Mulher de pouca fé!... Se visses a serenidade do meu espírito, vias em mim a influição de Deus!

As autoridades superiores, avisadas do acontecimento e do autor indigitado do crime, mandaram guardar por soldados as avenidas da casa de Casimiro, para o prenderem de dia.

O acadêmico deitou-se à sua hora regular, e obrigou a alvoraçada esposa a deitar-se com a filhinha inquieta.

Às três horas e meia da manhã rebentou de súbito um ruído estridoroso na rua, depois de alguns repetidos brados das sentinelas.

Chegava a Sociedade da Manta, acaudilhada por Guilherme de Lira em número de vinte e tantos bravos, armados de refes e clavinas.

Os soldados outros tantos seriam. À primeira carga inesperada, a tropa titubeou entre fugir ou defender-se, e, nesta perplexidade, sofreu o desaire de ser desarmada e contundida com as próprias armas. Libertas as portas, Guilherme chamou Casimiro, subiu e disse imperiosamente:

— Foge!

— Não fujo.

— Como não foges?

— Não, salva-te tu, que eu me livrarei da justiça.

— Não livras: diz toda a gente que tu mataste o homem. Alexandre está vivo, e diz que foste tu quem mataste o seu criado, e lhe tiraste a ele a orelha.

— Deixaste sem orelha o homem?

— Nada de riso: foges ou não?

— Já te disse, Guilherme: vai na certeza de que o teu nome nunca será envolvido na minha justificação.

Uma voz de fora disse:

— Olha que tocam as cornetas na Sofia, ó Lira! Vem, que não temos partido contra o regimento.

— Adeus! — concluiu Guilherme. — Oxalá que te não arrependas!

— Fujamos! — exclamou Cristina.

— Por que não me atendes, filha? — disse maviosamente Casimiro, e desceu a fechar a porta.

Poucos segundos depois, estava a rua cogulada de soldados, e muitas vozes diziam que o assassino tinha fugido com os acadêmicos.

— O melhor é arrombarem as portas, camaradas! — dizia um cidadão. — Que fazem vocês aí, se ele fugiu? É arrombar que não há outro modo de saber se ele está.

— Arrombar! — contrariou um alferes. — A Carta Constitucional proíbe arrombar; mas bate-se a ver se fala alguém.

— Ou isso — disse o cidadão prudente.

O alferes bateu urbanamente. Casimiro abriu de pronto a janela do seu quarto, e perguntou:

— Quem é?

— Ah! — disse o alferes. — Está em casa?

— Estou em casa. Não quer mais nada?

— Não, senhor. Foi para sabermos... Dizia-se que não estava lá ninguém... Perdoará o incômodo.

— Boas noites — respondeu Casimiro. Depois, baixou a vidraça e disse a Cristina: — A rua está vistosa! As armas refrangem a lua, e dão a lembrar uma iluminura da Idade Média! Apaga a luz da saleta, que eu gosto de gosto de ver este arraial de batalha, que me parece um sonho!

— Ó Casimiro! — balbuciou ela. — Como tu podes rir, e eu sinto-me aqui a morrer!

— És fraca. Nunca te tinha conhecido esse aleijão. Parecias-me uma natureza perfeita, em amor, em brios, e em força. A força é que te falta, minha débil filha!

— Enganas-te, Casimiro! — replicou ela. — É que eu era tão feliz!...

— E amanhã que impedes que o sejas?

— Amanhã... estarás preso!...

— E então? A luz do teu amor teme de romper as grades da cadeia?! A nossa filhinha hesita entrar lá contigo? Não vai comigo a imperturbável consolação da consciência?

— Mas eu também vou...

— Pois irás, filha. Quem te veda de estar com teu marido preso?

Conversaram neste sentido longo tempo; e já, afinal, Cristina estava conformada com a ideia da prisão, e logo cuidou em enfardelar os fatinhos da filhinha, enquanto o marido escrevia a seguinte carta:

"Meu caro compadre.

D. Alexandre de Aguilar foi gravemente ferido, e o seu criado está morto. Este acontecimento deu-se à porta da minha casa, há cinco horas. O povo, a academia, e as autoridades indigitam-me como autor do sucesso. Esperam que nasça o sol para me prenderem.

"Escrevo-lhe agora, quatro horas da manhã, receando que os interrogatórios me tirem tempo no correr do dia.

"Minha mulher tem estado atribulada, mas, como apelei do seu coração para a sua coragem, vejo-a reanimada e esperançosa da minha absolvição, em despeito do povo, da academia e das autoridades.

"Peço aos meus amigos que não se aflijam, e me creiam forte bastante para lutar com o mal do mundo. Refugio-me na vossa estima, e sou vosso irmão agradecido, *C. Betancur*".

Ao apontar o sol, a autoridade administrativa, auxiliada pelo militar, bateu à porta de Casimiro, e esperou instantes. O próprio acadêmico desceu a abrir, e ofereceu cerimoniosamente a sua casa.

— Está o senhor preso — disse o administrador.

— Já o sabia — respondeu Casimiro.

— Bem. V.S.ª acompanha-me. Irá conosco o senhor Alferes da companhia.

— Como queiram: vou só, vou com V. Sas. Vou com a escolta: para mim é de todo o ponto indiferente.

— Dispenso a força, senhor alferes — disse o administrador.
— Pode V. S.ª mandá-la recolher com o sargento; o senhor alferes tem de ficar para solenizar a prisão deste acadêmico, que é furriel.

— Se queres subir... — disse o preso.

— Não, senhor; vá e volte, que nós esperamos.

O administrador, enquanto Casimiro subiu a dar as últimas palavras de conforto a sua mulher, disse ao comandante da força:

— Este homem ou está inocente, ou excede tudo que eu tenho visto em coragem!

— Será cinismo? — replicou o militar.

— É cinismo, não pode deixar de ser cinismo — optou o cidadão que propusera o arrombamento das portas.

No entanto, Casimiro dizia a Cristina, depois de beijar Mafalda:

— Eu escrevo-te de casa do administrador, dizendo-te o meu destino; naturalmente irei de lá para a cadeia; e tu, como boa gerente da casa — continuou ele jovialmente — irás lá ter, depois de ter dado as ordens para o jantar. Olha que a instauração de um processo por crime de morte não obriga a jejum, minha filha. Lembra-te que as consciências puras concorrem muito para o bom apetite, e são ótimas auxiliares do estômago. E adeus, até logo.

Cristina ajoelhou com a filha nos braços, e orou. E, orando, ouvia dizer fora:

—Mas como ele vai direito e senhor seu!

— Ele se entortará quando lhe pesarem nas costas os caibros da Portagem!

— Terá pena última? — perguntava uma rapariga de má vida, e acrescentava: — Coitadinho! É tão novo e de mais a mais casado, e tem uma filhinha!...

— Deixá-lo ter! — atalhava uma velha, que vinha da missa d'alva, e ia ouvir a segunda, para depois ir ouvir a terceira. — Deixá-lo ter! Quem mata, morra! As forças não se inventaram para os que morrem, é para os que matam.

O axioma foi aplaudido pelo cidadão prudente, e outros sujeitos honestos, cuja garganta zombara muitas vezes da corda de esparto do Livro V das Ordenações. E Cristina calava a oração para escutar, e orava para não ouvir.

Perguntou a autoridade a Casimiro Betancur o nome, a naturalidade, os anos, o estado, a profissão etc. E prosseguiu:

— A voz pública e as aparências dão-no ao senhor como homicida de um homem ainda desconhecido, e também o incriminam de espancador de D. Alexandre de Aguilar, cuja vida está ainda duvidosa. O Sr. Betancur é réu destes crimes?

Casimiro não respondeu.

— Ouviu a pergunta que lhe fiz? — tornou a autoridade, suspeitando a surdez do preso.

— Ouvi, sim, senhor.

— Que responde?

— Nada.

— Nada? É boa essa!... Matou ou não matou?

— Se há provas de que fui eu, por que mas pedem? Se as não há, por que me prendem?

— A lei manda interrogar os réus.

— Pode ser; mas não obriga os réus a responder.

— O silêncio é uma confissão — redarguiu o administrador.

— É o anexim "quem cala consente" arvorado em axioma jurídico. Boa hermenêutica!

— Modere as suas ironias, que a ocasião é inoportuna, Sr. Betancur. D. Alexandre de Aguilar Vito de Alarcão Parma d'Eça diz que fora atacado pelo Sr. Casimiro, quando passava à sua porta.

— Se o diz, ele provará.

— A vizinhança depõe que V. S.ª entrara em sua casa depois de ter deixado morto um homem e o outro caído.

— Já sei: ouvi o parecer de meus vizinhos antes de V. S.ª os interrogar.

— E que diz a isto o senhor?

— Nada.

— Diz que está inocente?

— Já tive a honra de dizer a V. S.ª que não digo nada. As provas responderão por mim, e a lei me julgará.

— Está claro. Vai V. S.ª recolher-se à cadeia, e esperar lá a nota da culpa.

— Posso ser visitado por minha mulher e minha filha?

— Sim, senhor, enquanto a justiça julgar isso indiferente ao processo.

—E quando pode empecer ao processo que eu veja minha família?

— Há casos...

— Bom. Recebo as suas ordens.

— Vai acompanhá-lo um oficial do juízo. O Sr. Betancur inspira-me confiança, e por isso o alivio do vexame de ir com soldados.

— Agradeço a confiança; mas os soldados não me vexam: cumpra V. S.ª o seu dever de autoridade.

— Vá, e pense seriamente na sua situação, que é grave, Sr. Betancur. Pode ser que o senhor esteja inocente; mas as suas desavenças anteriores com D. Alexandre condenam-no. Pode ser que V. S.ª matasse em justa defesa: se assim foi, convém atenuar a culpa com essa circunstância. Esse seu sistema de responder com o silêncio, sobre ser excêntrico, é confirmativo da imputação. Dou-lhe este conselho, movido pela simpatia que me causa a sua abnegação e como desprezo da vida. Sei que tem família, e avalio as angústias de sua consorte; por isso lhe peço que abstenha desse estoicismo inútil, e — pior ainda — prejudicial. Se pode, decline de si a responsabilidade de um homicídio, que é sempre e em todos os casos desonra. Se matou, negue, negue sempre! — acrescentou o administrador, colando-lhe no ouvido os lábios.

Casimiro agradeceu o conselho com um sorriso, e saiu à direita do oficial de justiça.

À porta da autoridade, quando Casimiro saiu, aglomerava-se um cento de pessoas, gentio baixo, regateiras da praça Sansão, serventes, gaiatos, e alguns cidadãos honestos, nomeadamente o oráculo da Couraça dos Apóstolos. A custo rompeu o aguazil a multidão, que se premia em redor de Casimiro, e lhe roçava as faces com o hálito acre da aguardente.

— Chamo soldados! — bradou o oficial de justiça.

— Não é preciso — disse um acadêmico, que estanciava mais distante num grupo de estudantes.

E, tirando a carreteira das mãos de um lavrador, cresce sobre a multidão, e apanhou quatro cabeças da primeira paulada.

A rua, momentos depois, estava deserta como se passasse nela a ira do Senhor.

— Foge que é o Lira! — diziam muitas vozes, convulsas de terror, menos o cidadão da Couraça dos Apóstolos, que levou a sua cabeça ao vizinho boticário.

Era, com efeito, Guilherme Lira, cujo sangue referva em frenesi, e sede de beber o sangue da humanidade. Enfurecia-o o remorso de ter deixado vivo D. Alexandre! Saber ele que o vil declarava ter sido assaltado por Casimiro espicaçou-lhe o ódio e a ânsia de ir estrangulá-lo em casa. Depois, via Casimiro preso, sabia já as suas respostas à autoridade, pungia-o o arrependimento de o perder, quando cuidava salvá-lo de inimigos infames, e não poder salvá-lo, sem se declarar ele mesmo o agressor!

O governador civil, o reitor, as autoridades subalternas, receosas de sublevação acadêmica, instigada por Guilherme Lira, preveniram a tropa, e assinaram ordens de prisão dos mais célebres desordeiros, no caso de motim.

A este tempo, estava na cadeia Casimiro Betancur, contrastando, com sua quietação, o reboliço que fremia cá fora. Cristina seguira seus passos, e entrara após ele. Mafalda ia muito risonha e fagueira. Não falava, mas gesticulava as suas carícias, e pendurava-se do colo do pai, beijando-lhe os olhos.

E Cristina observava em redor de si a nudez, a sombra, a imundície da saleta. Queria chorar, mas pejava-se do esposo, e retinha-se para o não afligir.

— Volta a casa, minha filha? — disse Casimiro.

— Olha que são dez horas e nós costumamos almoçar às nove. Basta de sacrifício à justiça humana, Cristina! Uma hora é demais!

— Tu não estás muito triste, pois não, meu Casimiro? — exclamou ela, cingindo-lhe o pescoço, com quanto carinho podem exprimir as angústias supremas.

— Se estou triste!... Quando me viste mais risonho, Cristina?... Alegre, minha esposa, alegre como esta criança que te sorri! A minha consciência está serena como a desta menina; por isso nos vê tão contentes ambos!

XIII

O RÉU

A carta, recebida em Vila Cova, foi a primeira grande angústia que alanceou o íntimo coração de Ladislau.

Correu à igreja, e dali a uma aldeia da serra, onde estava o vigário sacramentando um enfermo. Leram a carta, e ambos inferiram que o matador era Casimiro: justa inferência dos termos dela.

— Matar! — disse o vigário consternado. — Matar! Eu não cuidava isto de Casimiro! Nem ao menos diz que matou defendendo sua vida, a vida de sua mulher, e de sua filha!... Repara tu na serenidade com que ele diz: "D. Alexandre de Aguilar foi gravemente ferido, e o criado está morto. Este acontecimento deu-se à porta de minha casa há cinco horas. O povo, as autoridades, e a academia indigitam-me como autor do sucesso..." Se não fosse ele o autor, diria: "Indigitam-me falsamente!..." E mais abaixo: "Minha mulher tem estado atribulada, mas como apelei do seu coração para a sua coragem, vejo-a reanimada e esperançosa de minha absolvição em despeito do povo, da academia, e das autoridades!..." De que ele fia a sua absolvição, se as provas o condenam a tal ponto que tudo lhe é contra!... Ó meu Deus, meu Deus! Que conta havemos de dar à nossa consciência de termos trabalhado para o casamento de Cristina com este malfadado!

Ladislau ouviu a mais larga exclamação do atribulado sacerdote, e disse com pausa:

— Eu estou em crer que Casimiro não matou.

— Ó homem, tu não entendes esta carta?

— Penso que entendi. Onde diz ele que matou?

— E onde diz ele que não matou? — retorquiu o padre.

— É verdade: não confessa nem nega. Diz que o apontam como matador. Isto é diferente. Eu leio no Evangelho que Jesus Cristo, quando o arguíam...

— Cala-te, meu irmão! Esses confrontos são sacrílegos! — atalhou o sacerdote, inflamado em zelo santo.

— A minha intenção era boa, Deus o sabe. Seja o que for, eu creio que o meu compadre está inocente. Um homem, que mata, não escreve assim com este sossego. Aqui há mistério, e continuará a havê-lo. As cartas demoram-se; e, quer demorem quer não, amanhã vou para Coimbra e Peregrina vai comigo. Desgraçada Cristina!... E que terá ela penado? Que fará sozinha a pobre menina com sua filha?...

— Vai a Coimbra, Ladislau, vai! — disse o vigário. — Se é criminoso, amparemo-lo; se não é, ajudemo-lo a vencer as iniquidades do mundo, querendo Deus que nós sejamos instrumentos de sua divina justiça. Eu também iria, se pudesse: escrever-lhe-ei as consolações da religião.

No dia próximo, saíram de Vila Cova Ladislau, Peregrina, e o menino, a grandes jornadas para Coimbra. O lavrador levava todo o seu pecúlio, o ouro de sua mulher, e alfaias de antiga prata, que havia em casa. Apearam na estalagem, e foram dali à cadeia. Encontraram Casimiro sentado à mesa de jantar com a filha no colo, e Cristina a um canto da saleta aquecendo café num fogareiro.

— Não to disse eu?! — exclamou Cristina, quando o chaveiro abriu a porta, e deu entrada aos visitantes. — Não veio carta, vieram eles!

As duas senhoras abraçadas falavam em soluços. Ladislau rompeu também em pranto desfeito. Casimiro, porém, sereno e com os braços abertos, dizia:

— O compadre também é dama?! Não rivalizemos com as nossas mulheres no seu privilégio de chorar!... Conversemos como homens.

— Está inocente, meu amigo? — perguntou de sobressalto Ladislau.

— Que pressa!... — respondeu em ar de graça o preso. — Parece que o meu compadre saiu de casa com essa pergunta à flor dos beiços. Ora, diga-me: se eu lhe responder que matei o desertor, e feri de morte o fidalgo, o meu amigo retira-me a sua mão pura e generosa?

— Não. Casimiro só mataria um homem defendendo-se. Foi em defesa que o matou?

— Vou responder-lhe; porém, requeiro à sua nobre alma um juramento antes de me ouvir. Não lhe digo que me jure por seu pai, pela vida de sua esposa ou filho: jure por sua honra.

— Jurei.

— Agora saiba que eu não matei, nem mandei matar.

— Oh, meu amigo! — clamou com agitada veemência Ladislau.

— Não fale mais alto que eu, meu compadre, que pode ser ouvido. Não matei nem mandei matar, nem folguei com a morte do assassino trazido para mim, nem com os ferimentos de D. Alexandre. Houve um homem que me quis salvar dos dois inimigos, que me esperavam e matou-os no momento em que me arrombavam as portas. O nome deste homem irá comigo e com minha mulher à sepultura: nunca mo pergunte. A sociedade proclama-me assassino; embora, Deus me defenderá e salvará. Aos interrogatórios nada respondo que me absolva ou condene. Veremos se o júri me vê provado assassino. Agora, meu amigo, tem o senhor e sua honra de sentinela à sua língua. Tomemos café. São só duas as chávenas; mas também há dois pires: as chávenas para os hóspedes; e os pires para nós, Cristina. Arranja lá isso.

Ladislau fitava os olhos de Casimiro, e murmurava:

— Que homem! Que desgraçado tão digno doutra sorte!

— Veja lá o que são as cousas! Eu cuidei que meu compadre me estava invejando esta paz de coração! — disse Casimiro.

Horas depois, saíram as duas senhoras a transferir a bagagem da estalagem para a casa da Couraça dos Apóstolos. Concordaram em viver juntas, nas horas em que era vedado o ingresso no cárcere.

O processo prosseguiu seus termos, com desvantagem de Casimiro, sem embargo de ser vigiado pelo primeiro advogado de Coimbra, que alcançara procuração do réu, depois de muitas instâncias suas e de Guilherme Lira.

D. Soeiro de Aguilar tinha descido a Coimbra, com comitiva de dois lacaios, e dinheiro grosso para, consoante a sua frase, *erguer, sendo preciso, uma forca de ouro, onde perneasse o assassino de seu irmão*.

D. Alexandre erguera-se ao cabo de vinte dias, e compusera as melenas de modo que o lugar da extinta orelha ficasse coberto de lustrosas espirais. A orelha cancerara e caíra, deixando um orifício hediondo e pustuloso. Guilherme Lira, quando acertava de o encontrar dizia-lhe sempre: "Cuidado com a outra".

— A outra quê? — animou-se a perguntar D. Alexandre.

— A outra orelha, patife!

O epíteto gelou de neve as cavernas daquele vil peito que esvaziava o pus pelo esqualor do ouvido.

D. Soeiro acelerava o processo, e descia de sua prosápia regirando do advogado para o escrivão, do procurador para o delegado, do juiz para os influentes do júri.

Numa dessas suadas correrias, passando ao escurecer no Beco de D. Sisenando, encontrou um acadêmico, que lhe cingiu ao pescoço umas mãos, que pareciam golilha de ferro, e lhe jogou a catapulta da cabeça, três vezes, contra a ombreira do floreado granito da porta do palácio, onde morreu apunhalada a irmã da rainha Leonor Teles. Depois, largando-o atordoado, disse-lhe:

— Primeira admoestação!

E andou.

D. Soeiro, ao outro dia, escreveu a todos os governadores possíveis de Coimbra. A polícia fingiu que se mexia, e D. Soeiro não saiu da cama.

O leitor já sabe que só o Guilherme Lira podia tentar a destruição da melhor pedra monumental de Coimbra com a cabeça de D. Soeiro de Aguilar Vito etc.

Um homem sisudo da polícia disse ao rico-homem de Miranda:

— O meu parecer é que V. Ex.ª vá para sua casa. A meu ver, o fidalgo traz à perna a Sociedade da Manta. Dê louvores a Deus em o não terem matado como fizeram a um lente, há dois meses; e perdoará o atrevimento do seu servo em o aconselhar. Enquanto a mim, quem quebrou a cabeça de V. Ex.ª foi o Guilherme Lira! Mas vão lá prendê-lo, e, de mais a mais, sem provas! Bem aviado estava eu! Ele bate-se com um regimento, e é capaz e mais os seus trinta companheiros, de arrasar Coimbra.

— Então isto aqui é um sertão de selvagens! — bradou D. Soeiro. — As leis...

— As leis estudam-se aqui — disse o cadimo aguazil — e o Guilherme Lira sabe-as bem, que é quintanista de Direito; mas o malvado despreza as leis de papel, e tem lá umas de pau para seu uso... Para seu uso, não digo bem; para uso daqueles que as levam impressas nas costas. Enfim...

O homem da justiça encolheu os ombros, e despediu-se.

No dia seguinte, D. Soeiro foi para Miranda, e levava ainda uns parches de alvaiade na testa, e uns pontos nos tegumentos sobrejacentes aos ossos parietais.

D. Alexandre ficou; porém, assim que o sol inclinava ao poente, recolhia-se. Guilherme Lira entrava em casa todas as noites, e espreitava-o da janela. Cada noite, ao ver-lhe a luz no quarto, ou a sombra nos cortinados de cassa, arrepelava-se. Dizia com pitoresco chiste o feroz acadêmico a Casimiro: "A vida daquele homem pesa-me como um burro sobre o peito!"

E Betancur pedia-lhe encarecidamente que o deixasse, por ser um estorvo nulo à sua liberdade.

Rui de Nelas, cônscio do sucesso, mandou chamar o vigário de S. Julião da Serra, e informou-se. Padre João Ferreira relatou de cor o conteúdo da primeira carta de Casimiro, e mostrou duas linhas doutra de Ladislau, que dizia: "Casimiro está inocente. Casimiro é vítima da sua honra. Nada mais te digo, porque só isto me é permitido dizer, e a ti somente, meu irmão".

— E tu crês na inocência de Casimiro? — perguntou Rui.

— Creio, meu padrinho, como creio que vivo.

— E ele deixa-se ir à revelia?

— Não posso, nem sei responder a V. Ex.ª

— É preciso que eu o proteja. É preciso que ele é marido de minha filha! Os de Miranda não hão de levar a melhor.

— Que quer V. Ex.ª que se faça?

— Que vás a Coimbra, e leves dinheiro para eles, e para a justiça.

— É desnecessário dinheiro. Meu cunhado foi prevenido.

— Deixá-lo ir. O dinheiro, que eu mando, é meu; quero que minha filha o receba! Eu vou mandar o meu capelão substituir-te na igreja, e tu partes já para Coimbra.

— Recebo as ordens de V. Ex.ª

— Vamos ver quem vence! — continuou o fidalgo, apertando os alvéolos, onde os dentes ausentes não podiam ringir. — Os de Miranda têm muita proa?... Deixa que eu vou abatê-la!... Vai, João, que lá irão umas cartas. Se Casimiro ficar condenado, tu ou teu cunhado vão para Lisboa, e entreguem as cartas onde eu mandar. Lá está a minha irmã, a condessa de Azinhoso. Há vinte e três anos que não lhe escrevo; mas sei que ela está morta por fazer as pazes comigo.

— Bom seria que estivessem feitas — disse respeitosamente o padre.

— É verdade; mas que queres? Orgulho de parte a parte... E sabes tu por que eu desprezei minha irmã?

— Nunca V. Ex.ª me deu a honra de lhe revelar.

— Pois eu te direi, quando voltares. Foi um caso de honra, que os de Miranda não costumam castigar. Lá tem em casa uma irmã do pai, que fugiu do mosteiro de Lorvão, e deu escândalo. Lá a têm... e não põem crepe nas pedras d'armas... E vinha cá D. Soeiro vituperar-me porque eu não mandava matar Casimiro!... Olha quem!... Se eu tivesse tantos santos a pedir por mim, como de vezes me tenho arrependido de lhe dar a minha morgada!... Forte brutalidade!... Cegaram-se as vaidades de reatar as duas casas dos mais antigos ricos-homens da Beira e Trás-os-Montes!... Enfim... O que eu não consinto é que da casa de Miranda vão matadores professos assassinar o marido de minha filha... São horas... Aqui tens um conto de réis em ouro. Parte, João; e escreve a dizer o que se passar. Dá muitos beijos na minha afilhada, e diz a minha filha... que lhe perdoo!

O vigário ajoelhou diante de Rui de Nelas, e clamou:

— Deixe correr as minhas lágrimas de alegria sobre as suas mãos, meu nobre, meu virtuoso padrinho!

— Não fiques agora aí a chorar, homem! — disse o velho, erguendo-o. — Aqui estou eu também... — prosseguiu, enxugando os olhos. — Vai, que são horas.

A aparição do vigário na saleta da cadeia foi saudada com um brado de alegria. Cercaram-no todos, e beijaram-no todos.

— Eu só dou beijo em crianças, — disse ele em tremores de exultação. — Sr.ª D. Cristina, deixe-me dar à sua filha os beijos do avô.

— Falou com o meu papá! — exclamou ela. — Está muito zangado contra o meu pobre Casimiro?

— Isso está, minha senhora! Zangadíssimo, feroz!

— Cuida que foi ele quem... — E reteve-se, relanceando os olhos ao marido, que a observava.

— Não sei o que ele cuida... — volveu o padre. — A ira do fidalgo subiu ao ponto culminante dele mandar ao Sr. Casimiro um conto de réis para o custeio das suas despesas judiciárias. É onde pode chegar a ferocidade humana!

— O Sr. Rui perdoou-me? — perguntou Casimiro, mais recolhido que expansivo.

— Se isto não é perdoar... A mim não me encarregou de lhe noticiar o perdão; mas à Sr.ª D. Cristina manda dizer que está perdoada. Aqui tem o dinheiro, que é ouro, e rasga-me a algibeira da sotaina.

Cristina fez um gesto, significando ao padre que entregasse o dinheiro ao marido; Casimiro fez outro gesto, indicando Ladislau.

— Então, que resolvem? — disse o padre.

— Resolve minha mulher — disse Casimiro — que esse dinheiro passe ao poder do nosso mordomo, o Sr. Ladislau Tibério

Militão de Vila Cova, em cujo cargo hemos por bem nomeá-lo para lhe fazermos honra. Assim deve reformular as suas nomeações quem tem, como eu, guarda de oficial à porta.

Ladislau, sorrindo, respondeu:

— A não servir de mais, deixem-me ser mordomo. Eu guardo o dinheiro, e darei contas.

Relatou o padre a sua chamada a Pinhel, e o sentir do fidalgo, com a promessa das cartas para Lisboa, caso o êxito do processo fosse funesto em primeira instância. Acrescentou que Rui de Nelas tinha muita confiança no valimento de sua irmã, na capital, a Sr.ª Condessa de Azinhoso.

— É a primeira vez que ouço falar nessa irmã do Sr. Rui — disse Casimiro. — Nunca me falaste em tua tia, Cristina!

— Porque a tinha esquecido — respondeu a senhora. — Eu e minhas irmãs mais novas ainda há poucos anos soubemos que tínhamos em Lisboa uma tia. Ignoro as desinteligências que se deram entre ela e o papá, muito antes de eu nascer. O certo é que em nossa casa nunca se falou em tal tia, e diante do papá seria perigoso falar. Muito me espanta agora que ele queira escrever-lhe! Vejo que meu pai está mudado!

— Sabe que desavença de família foi essa, padre João? — perguntou Betancur.

— Não, senhor. Ninguém o sabe em Pinhel. Apenas sei que em Lisboa viveu desde menina a irmã do Sr. Rui de Nelas, em companhia de um grande fidalgo seu tio, e mais os dois irmãos filhos segundos. Também sei que estes irmãos lá morreram, e que a senhora casou com o conde de Azinhoso. É o que eu sei dum clérigo velho de Pinhel, que a viu em menina, e me disse ser ela vinte anos mais nova que o morgado. Deve hoje ter, portanto, a Sr.ª Condessa quarenta e seis.

Sobre este incidente exauriu-se aqui a prática, em que Betancur, de condição cismadora em cousas misteriosas, mostrava estar muito entretido.

O patrono de Casimiro, sabendo que o sogro do seu cliente o protegia em Lisboa, e quase seguro da condenação do réu no tribunal conimbricense, enredou o processo de modo que, no caso de se provar o crime em júri, houvesse direito a pedir um recurso por nulidades, sem ser ouvido o tribunal da segunda instância. A lei organizadora dos processos em Portugal, país de mais leis que tem o Universo, é uma corda bamba que se presta a saltos maravilhosos sob o pé dum hábil volatim. "Vai o processo para Lisboa, dizia o jurisconsulto, e lá, se o braço for forte, os autos vêm arremessados à cara do juiz, e o juiz dá alvará de soltura ao preso."

Este salvador intento do causídico foi revelado a Casimiro, com grande alegria, pelo vigário. E o preso respondeu:

— Não quero! Diga-lhe que não quero! Há de ser a lei, sem coação, sem torcedura, sem vexame de poderosos, que me destrancará aquelas portas. Mas que ser dolorosa a experiência: não importa. Quero experimentar até quando um réu inocente pode ser torturado. Hei de ir de condenação em condenação, até poder dizer: "Acuda-me a justiça divina, que a dos homens é infame!"

— Mas — atalhou o padre — se as provas são tais que a lei tem de forçosamente o reconhecer criminoso?

— Não são tal! As provas permitem que as destrua o ardil dum hábil jurisconsulto. É isto certo?

— É.

— Pois bem: eu quero que a lei as aniquile, e não a trapaça; que este ato se cumpra à luz do sol, à luz de todas as consciências, que me condenam. Que faz que as influências poderosas me libertem, se o mundo há de dizer: "Salvaram-nos as influências! O ferrete de homicida lá o tem na testa!" Não quero, Sr. Padre João! Agradeça ao compadecido patrono; mas avise-o de que eu serei no tribunal o intérprete mais severo da lei contra mim.

O advogado, quando tal ouviu, pasmou e disse:

— É um doido maior da marca este homem! Creio que irá da cadeia para a enfermaria dos alienados!

E prosseguiu:

— É vergonha fazer-lhe eu uma pergunta, Sr. Padre João: Casimiro Betancur matou um homem e espancou o outro?

O padre não respondeu. E o advogado repetiu:

— Matou ou não?... Pois o senhor cala-se a esta pergunta?

— Calo, sim, Sr. Doutor. Não posso responder.

— Está claro! Outro doido!... Que esquisita família é esta! Já fiz a mesma pergunta à mulher do preso: silêncio! Interroguei Ladislau Tibério: silêncio... O Sr. Padre João Ferreira.

— Silêncio! — atalhou o vigário.

— Nem a mim, que sou seu advogado — tornou com azedume o doutor –, há uma pessoa que me diga matou ou não!...

— Há — disse um acadêmico que entrava.

— És tu? — perguntou o advogado a Guilherme Lira.

— Sou eu. Casimiro Betancur não matou. Tu vai advogar a causa do homem mais honrado e inocente do mundo!

— Posso dar-te como testemunha, Lira?

— Da sua honra e inocência? Podes; mas não me cites, que eu... Ouve-me... Eu hei de tirar Casimiro da forca.

— Santo Deus! — exclamou o vigário, lavado de súbito suor. — Da forca! Pois é caso de sentença última?!

— Se a sentença última é inaplicável neste caso — disse o

advogado — não sei onde está no Código Penal o crime condigno! Mas não se fala aqui em forca... Pensemos...

— Não pensemos... — interrompeu Lira. — Deixa correr o tempo, que pensa por nós.

Padre João foi contar a Casimiro o que ouvira em casa do letrado, citando o nome de Lira.

O acadêmico recolheu-se, voltou a face, e o sentido aparentemente, sobre outro assunto, e disse em sua mente:

— Que intenta fazer aquele desgraçado?

Pergunta que o leitor se digna fazer-me e espera resposta.

XIV

EPISÓDIO

O padre João Ferreira escrevia miudamente ao fidalgo de Pinhel, e o mesmo D. Cristina, bem que Rui de Nelas tão-somente respondesse ao padre, acusando a recepção das cartas da filha, com a incumbência de dizer a Cristina que lhe eram agradáveis as suas letras. De Casimiro de Betancur só dizia o necessário, atinente ao processo.

Entre o velho e D. Soeiro corria declarada inimizade. Já o de Miranda sabia que o seu sogro protegia Casimiro. Escrevera-lhe altivo, reprovando amargamente a incongruência do seu proceder. O de Pinhel respondeu que o marido de Cristina padecia inocente, e D. Alexandre mentiu imputando-lhe a morte do facinoroso, de que ele vilmente se acompanhava. Replicou raivoso D. Soeiro, doestando o sogro, e ejaculando frases de lacaio a propósito do lustre de sua raça, sujada por um parente, *posto que remoto garfo de seu tronco*. As palavras sublinhadas afrontaram agramente Rui de Nelas! Este repto, quinhentos anos antes, daria de si guerra a ferro e fogo entre dois ricos-homens. Mas agora, neste tempo de calmaria podre, em que as injúrias se castigam na polícia correcional com multa de dez tostões e custas do processo, Rui de Nelas rebateu as provocações com outras não menos pungentes que certeiras injúrias. E foi grão caso perguntar-lhe o velho se a madre Nazaré, fugida do mosteiro de

Lorvão, em 1810, e agarrada por ordem régia nas encruzilhadas do inferno, e metida no tronco para depurar dos vícios, seria um garfo meritório do tronco dos Parmas d'Eça, ao qual ele Rui de Nelas se glorificava de ser estranho? Chegadas a tal extremo as insolências, a reconciliação era impossível, apesar mesmo das frias tentativas de D. Guiomar, que nunca fora amorosa filha nem irmã.

As cartas do padre ao fidalgo aventavam como certo o mau resultado do pleito em Coimbra, e invocavam o patrocínio de Rui para que em Lisboa o Supremo Tribunal ou o poder moderador dirimissem a sentença condenatória.

Teve Rui de Nelas como acerto escrever logo a sua irmã, convidando-a a esquecerem o passado para ir assim predispondo-a a mais de vontade o servir.

A condessa de Azinhoso respondeu com muito amor ao irmão, lastimando que ele recusasse a sua amizade tantas vezes, em diversos tempos, oferecida; e acrescentava: "Eu não podia odiar o mano Rui, que nenhuma parte tomou nos suplícios que me fizeram. Os algozes já estão na presença de Deus!"

— Ainda não está arrependida!... — disse entre si o fidalgo, relendo aquele período. — Mulheres, mulheres!... — acrescentou, sacudindo a cabeça.

Estranhará o leitor que entre aqui mal cabido o episódio de umas aventuras de D. Eugênia de Nelas, condessa de Azinhoso. Conto, porém, com a sua atenção; e peço licença para me desvanecer de apontado em não me desviar da história principal, sem ao depois me justificar do defeito.

D. Frederico de Paim e Lucena, tio materno de Rui, vivia na capital, e muito no Paço, gozando as suas numerosas comendas, solteiro, septuagenário e abastado.

Corria por sua conta a educação palaciana de dois sobrinhos, Vasco e Gonçalo, irmãos de Rui.

Eugênia, muito mais nova que seus irmãos, saiu também de Pinhel, aos doze anos, em 1806, para ser educada, em convento, visto que sua mãe tinha morrido, e sua cunhada a tratava asperamente.

Em 1811 saiu a menina do colégio para casa de seu tio. Era uns dezoito anos superabundantes de quantas graças femininas, raras vezes, a inspiração divina segreda aos criadores que dizem à tela, ou ao mármore, o seu fiat lux, e o mármore e a tela desentranham-se em Fornarinas de Rafael, em Colonas como as de Ângelo, em Vênus como as de Praxíteles. Destas, o artista, o que não é artista, o homem de coração e sede do belo, diz: "Fê-las o cinzel ou o pincel dos anjos!"; de Eugênia diria o artista, o amador, o poeta, o moço ardente, o ancião esquecido dos seus ardores, diriam todos: "É um bafejo de Deus, uma alma vestida das perfeições materiais, privativas do céu, se no céu podem conceber-se formas corpóreas!"

Foi Eugênica requestada por consideráveis senhores da corte. D. Frederico respondia aos que solicitavam sua mão: "Minha sobrinha é órfã de pai e mãe. Casará à sua escolha. Entenda-se com ela quem houver de ser marido, que eu lavo as mãos daí".

Boa resposta; mas Eugênia repelia delicadamente os pretendentes, as maviosidades, e as soberbas feridas na resistência.

Pois tão dotada e fadada para amar, Eugênia era assim de refratária condição ao bem supremo da vida? Dar-se-á que o seu peito seja dentro de alabastro como se afigura no exterior?

Não; o mesmo amor de que a julgam inimiga é quem a encrueceu assim contra os áulicos, os ricos, os soberanos da galanteria daquele tempo.

Amava Eugênia, e amava desatinadamente. O eleito de sua alma era um alferes de cavalaria, amável de figura, composto de encantos; mas sem foro grande nem pequeno, sem amigos das primeiras casas do reino, sem nome, que, ao menos recordasse um general ilustre, um lidador distinto das últimas pelejas grandes da pátria com os estranhos. Um mero e simples alferes, pálido, só, melancólico, e tímido debaixo dos olhos dela.

O palácio de D. Frederico de Paim era na Rua de Santa Bárbara. O alferes passava ali duas vezes em cada dia, e alguns dias duas vezes em cada hora.

E ela via-o sempre, esperava-o sempre, esperava-o até mais vezes do que o via. Gonçalo e Vasco viam-no também, e diziam:

— A assiduidade deste homem!... Que cuidará ele, ou que cuidará nossa irmã! Indagaram pela rama; e, em ocasião oportuna, disseram a Eugênia:

— Olha que o militar que vês aí passar, e procuras ver, é um biltre, que principiou soldado. Sirva-te isto de governo, e lembra-te que és Eugênia de Nelas Gamboa de Barbedo. A menina, se a revelação a envergonhasse, coraria; se o coração lhe doesse, empalideceria; ora como nem corou nem empalideceu, é razão presumir que o seu pudor e coração ficaram ilesos; e, depois, concluir que ela, assim mesmo, amava-o sem pejo da baixeza dele nem vanglória de seus apelidos. Concluam assim que têm a máxima probabilidade do acerto.

E o alferes continuou a passar na Rua de Santa Bárbara, e a surgir no alto da colina da Penha de França, donde Eugênia do seu miradouro o avistava.

D. Frederico, avisado pelos sobrinhos, disse que estava seguro do bom siso de Eugênia; mas, por cautela, na primavera de 1815, quando a menina já entrava nos seus vinte anos, foi passar seis meses à sua quinta de Camarate.

— O remédio prudente é este — disse o velho aos sobrinhos. — Não faremos alarido, que há casos de frágeis avezinhas, espavorecidas por algazarras, romperem os arames da gaiola.

Quando isto foi, já o alferes se carteava com Eugênia, mediante a aia, que viera de Pinhel.

A passagem para Camarate agravou a enfermidade. Convém saber que há casos em que o amor, o mais sadio e rosado dos deuses, se chama "enfermidade". Exemplo: amarem-se duas pessoas, divorciadas pelo acaso do nascimento ou da riqueza, é enfermidade; amarem-se, porém, um casal de ricos, de nobres, de ralé social, ou de mendicantes, isso sim é amor, que é saúde, e só pode adoecer, nuns em hidropisia de tédio, noutros, em ressicação da fome.

A quinta de Camarate era um arvoredo que competia com o reinado de D. João III. Fora plantado e alinhado por D. Mem Vasques de Lucena, sumilher de El-Rei, e aio do infante D. João, pai de D. Sebastião. Era memória que aquelas árvores, ainda tenras, tinham visto os amores de D. João III com Da. Isabel Moniz, moça da câmara da rainha D. Leonor, amores que deram de si o príncipe, arcebispo de Braga, D. Duarte, que morreu na flor dos anos. Para ali diziam os Lucenas que o monarca transferira a dama, odiosa à rainha.

Parecia, pois, que a folhagem do arvoredo estava rumorejando uma crônica de reais amores.

As fontes respondiam às árvores, as aves às fontes, as borboletas dialogavam com as flores, as flores traíam com a viração as borboletas: era tudo ali um suspirar, um ouvir-se muito interno harpas e coros, sinfonias aéreas, milhares de pronunciações confusas da terra, dizendo todas "amor"!

E para onde eles levaram Eugênia, que já consigo levava a saudade! — a saudade, verdugo que mata acariciando, corda de estrangulação tecida com fios de ouro, segredo que Lúcifer, ao despenhar-se, roubou do céu, e nunca mais restituiu!

Ali é que o amor pegou dela com violenta mão, sendo que até àquele dia lhe fora sempre mão cheia de meiguices e serenas esperanças. Gonçalo e Vasco julgaram sua irmã segura, e ficaram por Lisboa, onde tinham seus afetos, e suas devassidões. O velho, contente com as suas árvores, e com a menina, que lhe ouvia a menos edificativa lenda dos amores de D. Isabel Moniz, não saía da Camarate.

À noite, assim que a brisa esfriasse, D. Frederico digressava do jardim, dava um ósculo em sua sobrinha, e fechava-se em seus aposentos.

Ora, depois ainda, a menina ficava, sentada no banco rústico, resguardada de sicômoros, aspirando as baunilhas, sacudindo as granulações das pimenteiras, ou devaneando pela Vila Láctea fora, de constelação em constelação, com os olhos lá, e o coração na terra, e na terra próxima, no muro da quinta por onde o alferes subia. E não se atemorizava dos plátanos gigantes nem das danças macabras das sombras, agitadas pelo vento da alta noite! À uma hora rugia a folhagem debaixo dos seus pés nas ruas lardeadas de murtas; os molossos lambiam-lhe as mãos, sorvendo os latidos ferozes; as avezinhas acordavam e saudavam-na ao passar; o rouxinol das cinceiras soltava as notas mais diletas; e ela ia à gruta conhecida, e esperava com a mão no seio como quem diz ao coração: "Espera, ditoso impaciente!"

Ao abrir a manhã de 16 de agosto deste ano de 1815, Eugênia ouviu quatro tiros nas cercanias da quinta, e tremeu, tremeu até cair de joelhos.

Daí a pouco estrondearam os argolões do portão da quinta. A aia entrou no quarto da menina, e disse:

— Chegaram seus irmãos. O Sr. Gonçalo vem ferido num braço; já foi chamar-se o cirurgião ao Lumiar.

Gonçalo e Vasco estrenoutaram o tio, e fecharam-se com ele. O que aí disseram colige-se dos sucessos seguintes.

Durante o dia, Eugênia não viu seus irmãos nem tio. Sabia que se faziam preparativos de viagem. Mandou indagar dos caseiros o que seriam os tiros da madrugada. Os caseiros tinham ouvido as detonações, e a estropeada de cavalos. Estaria morto o alferes?

— Matá-lo-iam? — perguntava Eugênia à sua aia; e, depois, ousava perguntá-lo a Deus.

Se ela pudesse ouvir este diálogo dos irmãos...

— Chego a duvidar que as pistolas tivessem balas — dizia Gonçalo.

— Carreguei-as eu — afirmava Vasco.

— E foi-se a salvo!

— Quem sabe?!

— Não o viste correr sobre nós, e desfechar de perto, e retirar-se muito a passo? E depois não o avistaste a subir a charneca sobre o cavalo?

— Vi.

— Como queres tu que ele fosse ferido!? — retorquiu Gonçalo. — Com meia polegada à esquerda, o canalha metia-me a bala na cintura — dizia ele levando a mão esquerda ao antebraço direito. — Eu é que estou ferido deveras... Não contávamos com isto, Vasco! O homem tem fibras!

Ao fim da tarde, saiu da cocheira uma caleça de jornada aposta à parelha de machos.

Nesta ocasião foi chamada Eugênia à presença de seu tio, que mansamente lhe disse:

— Se tivesses pai ou mãe, mandar-te-ia para eles, sem te dizer a razão: tu a saberias demais, e eu me pouparia à dor e pejo de repeti-la. Entrego-te a teus irmãos. Deles te defendi alguma vez; agora estou desarmado pelo teu proceder. Disse demais. Aí fora está posta a caleça para conduzir-te a outra parte, segundo vontade de Vasco. Não vai Gonçalo, que está ferido da bala do homem que saltava os muros da minha quinta, com teu consentimento. Adeus, Eugênia.

D. Frederico entrou rapidamente no seu quarto, contíguo à sala, e fechou-se a chorar.

Vestiu-se Eugênia, soluçante e cobrou ânimo quando viu que a sua aia se preparava. Entraram ambas na caleça, onde as seguiu Vasco. Chegaram de noite a Lisboa, e pararam à porta do palácio de D. Frederico.

Vasco mandou descer a aia de sua irmã e disse-lhe:

— Sobe; diz ao mordomo que te pague; e vai à tua vida.

— Onde vai ela?! — gritou Eugênia.

— Não queremos gritos — atalhou o irmão. — Pica, boleeiro!

As mulas galoparam até entrarem à estrada de Beato Antônio, onde Vasco de Nelas cavalgou, adiantando-se.

A jornada de Eugênia durou dois dias e meio. Parou a carroça diante de um palacete velho, em Recaldim, no termo de Tôrres Novas. Era ali uma grossa comenda de D. Frederico, casa chamada da "Renda", habitada pelos Pains de Lucena, quando, desgostosos da destronização de Afonso VI, se afastaram da corte.

Entrou Eugênia a um grande salão decorado como o deixaram seus avós, quando voltaram a Lisboa.

A transida menina sentiu frio e medo.

Surdiu-lhe logo, de sob a orla de um reposteiro de cor inqualificável, uma criatura, ao que parecia, femeal. Diríeis que uma cuvilheira dos Lucenas, adormecida em 1680, ao saírem seus amos, acordara, como Epimênides, cento e trinta anos depois, e estremunhada saíra ao salão para ver qual das fidalguinhas Pains estava a soluçar.

Eugênia encarou-a, e estremeceu.

Entrou a velha, fez três mesuras, e disse:

— Guarde Deus a V. Ex.ª

— Adeus — murmurou Eugênia.

— Enquanto não chegam as outras criadas — tornou a criatura com ares benignos — a fidalga queira mandar-me em seu serviço. Eu fui ama de leite de sua mãezinha, que foi casar a Pinhel.

Estas palavras reanimaram Eugênia, que se aproximou voluntariamente da velha, enquanto ela continuava:

— V. Ex.ª é o retrato dela: já o sabia por lhe dizer o Sr. D. Frederico; mas eu estou aqui há quarenta anos desde que ela casou. Seu avô, o Sr. D. Carlos de Lucena, mandou-me para Recaldim com ordenado e casa para a velhice. Já quis botar-me por essa estrada fora, até Lisboa, só para ver a filha da minha menina; mas a carga dos anos, oitenta bons, não se leva onde a gente quer. Fiquei agora atônita, quando vi entrar o menino Vasco e me disse: "Minha irmã vem aqui estar algum tempo. Amanhã chegam outras criadas, que ficam debaixo da sua vigilância, e um criado lhe transmitirá as minhas ordens".

— O mano já saiu? — atalhou Eugênia.

— Chegou às quatro, e saiu às cinco horas da manhã. Admiro que V. Ex.ª o não encontrasse... Então é que foi pelo caminho de baixo.

Eugênia, num ímpeto de confiança, abraçou-se na velha, e exclamou:

— Por alma de minha mãe, vale-me?

— Se lhe valho, meu serafim? Que quer V. Ex.ª da sua serva humilde?

— Queria escrever uma carta.

— Ó menina, isso barato é de fazer; mas o rendeiro da comenda anda à cobrança, e levou a chave da sala, onde está o tinteiro e o papel.

— Pois nem um bocadinho de papel?!... Não tem um livro?...

— Livro tenho as minhas *Horas* e o *Retiro Espiritual.*

— Deixa-me ver se há lá uma lauda em branco?

— Acho que há, Deus queira que haja.

O *Retiro* tinha a folha do anterrosto surrada, mas suscetível de receber caracteres. Eugênia despregou um alfinete, picou o dedo indicador, apertou-o até bolhar sangue. Depois, com a cabeça do alfinete embebida, escreveu:

Estou em Recaldim, perto de Torres Novas, na comenda do tio. Aqui morrerei. Voltou-se com recrescente veemência para a velha e disse:

— Dá-me um bocadinho de pão para eu fechar este bilhete?

— Sim, minha menina.

Mastigou o pão, fechou o bilhete, e sobrescritou-o.

— E agora? — tornou ela. — O pior é agora...

— Que queria V. Ex.ª?!

— Quem me levasse este bilhete a Lisboa.

— A Lisboa? A menina não sabe o que é ir a Lisboa. São dois dias e meio de jornada, andando de noite duas horas.

— Não importa... Eu pago...

— Mas pagar a quem, meu anjinho do Senhor? Ora venha cá... Isto é paixão?

— Paixão de morrer, minha amiga...

— Chame-me sua criada Brites. Paixão para bem ou para mal?

— Eu queria casar-me com ele; mas meus irmãos perseguem-nos.

— Eu logo vi que a vinda de V. Ex.ª era cousa de amor... O seu adônis não é fidalgo, pois não?

— Não é...

— Logo vi... E é pessoa de bom porte?

— É um alferes de cavaleria, muito bom de coração, muito

gentil, a minha paixão única, o meu desvelo de há três anos, a minha vida... E será a causa da minha morte.

— Coitadinha! Deus o fará melhor. Então quer a menina que ele saiba que a trouxeram para aqui?

— Sim, queria.

— Então, deixe estar, que eu de hoje até amanhã hei de cogitar no caso. Pediu-me isso por alma de sua mãe, e eu só se não puder de todo em todo. Quem há de levar a cartinha, se as contas me não falham, há de ser o cocheiro da caleça; mas o pior é não termos outro papel... Ora, espere, que eu tenho ali uma sentença que me cá deixou um meu sobrinho, que andava a aprender a ler. Tinta arranja-se sem a menina furar os seus mimosos dedinhos. Com uma pouca de felugem de chaminé e vinagre, faz-se tinta. Pena, vai-se tirar uma de galinha, e com uma faca fazem-se-lhe os bicos.

A Sr.ª Brites, em tanto tempo quanta era a ansiedade de Eugênia, veio com tudo a ponto: meia folha de papel selado do tempo de D. João V, uma tigela com a dissolução de felugem em vinagre, uma pena de galinha, e a faca mais afiada.

Eugênia, se se não usasse o amparo das penas, tê-lo-ia inventado naquela ocasião.

Estava tudo em ordem. Sorveu a Sr.ª Brites uma pitada de esturrinho, e disse:

— Escreva lá V. Ex.ª.

# XV

CONTINUAÇÃO

D. Eugênia escreveu o que ditava Brites:

Minha sobrinha. Logo que esta receberes, sem demora de tempo, vai tu mesma em pessoa pessoalmente...

— Onde é que ela há de levar a carta? — perguntou Brites.

— Ao quartel de cavaleria a Alcântara.

— Escreva, meu serafim:

Vai ao quartel de cavaleria a Alcântara, e entrega o bilhete, que vai dentro desta, à pessoa que lá diz por fora...

— Eu — interrompeu-se Brites, atacada de modéstia — não tenho muito jeito para notar cartas; mas o que a gente quer é que nos entendam.

— Vai muito bem — disse Eugênia.

— Pois ponha lá:

Toma conta que a não vás entregar a outra pessoa; e da resposta que houver escreve-me para Torres Novas. Sem mais enfado, trata disto como cousa de muita... de muita...

— Ponha lá a menina uma palavra, que diga... sim... que diga que é cousa de muita aquela.

— De muita consideração.

— Isso mesmo.

— Eugênia sobrescritou à Sr.ª Apolinário dos Mártires, na Calçada dos Barbadinhos, n.º 21 — quinto andar, à esquerda. A irmã de Rui de Nelas abraçou-se na ama de sua mãe e clamou:

— Cuidei que estava mais desamparada. Há almas boas em toda a parte, louvado seja o Altíssimo!

— Amém — respondeu cristãmente a senhorita Brites, e foi à cozinha, onde o boleeiro estava jantando para voltar com a caleça ao fim da tarde.

— Vossa mercê faz-me o favor de entregar em Lisboa uma carta à minha sobrinha? Aqui vai o nome e a rua. Se lhe não custa... — disse a velha.

— Não me custa nada, tia Brites; mas dobre-me a porção do vinho.

— Aí, vai, homem. Beba; mas não desatreme, nem me perca a minha cartinha.

— Fique certa de que de hoje a três dias, por estas horas, já está na mão da dita suplicante. Diz ela tudo pelo claro nas costas?

— Vai tudo pelo claro.

— Então, meta aí no bolso da jaqueta, e carregue o copo.

Foi a carta entregue à Sr.ª Apolinária, e o bilhete ao alferes da cavalaria, o qual, segundo verídicas informações da engomadeira da Rua dos Barbadinhos, chorou e vazou algibeiras nas mãos tolerantes da Sr.ª Apolinária.

Escreveu o alferes uma longa carta a D. Eugênia. Principiava contando a descarga de dois tiros inúteis que lhe deram. Disse não conhecer as pessoas, que lhe atiraram, por virem rebuçadas, e estar ainda a limpar a manhã. Contou que não o feriram; mas supunha ele ter sido mais certeiro na pontaria. Acrescentava que ia ser removido para Bragança, por intriga e influência dos irmãos de Eugênia; e declarava-se, afinal, tão desgraçado e desprovido de recursos, que não podia ir arrebatá-la das mãos de sua cruel família, sem desertar, e colocar-se na precisão de ir perecer de miséria com ela em reino estrangeiro. Pedia-lhe, em suma de tudo, ânimo e esperança.

Leu Eugênia a carta com profundo desgosto.

"Não me terá ele amor?!" — disse ela entre si.

Viu-a chorar a devotada Brites, e pediu-lhe o favor de lhe ler a carta. Quis ouvi-la segunda e terceira vez. Consolidou as suas convicções com uma pitada, e disse:

— Esse rapaz, quem quer que ele seja, tem tino na cabeça, e pensa bem. A menina por que chora?

— Nem sequer fala em vir ver-me!...

— Pois se pobre homem vai de marcha lá para cascos de rolhas, como quer a fidalga que ele deserte às bandeiras e venha aqui? E depois? Que seria dele? E a sorte da minha flor do céu era muito melhor!?...

Puderam muito com D. Eugênia as razões de Brites, e mais ainda a promessa de tomar a velha à sua conta a correspondência segura entre Bragança e Torres Novas.

Era chegado o momento de uma confidência, que tem sido o bálsamo de piedade em coração de pais lacerados pela ira e pela desonra: não será muito que o leitor, invocado a julgar O BEM E O MAL, desta série de biografias, dê sua piedade à desventura culpada, assim como tem dado suas bênçãos à virtude sem nódoa. Há crimes repulsivos; o engenho mais abalizado, a filosofia mais bem fingida, sob a capa de verdade, tenta em balde mover-nos à compaixão do delinquente, enquanto o retalhar do remorso o não fez delir com lágrimas o estigma que a moral lhe assinalou outros crimes, porém, são de si, e por vontade divina, simpáticos não direi; mas se a ré se pranteia, e se olha em seu seio, e exclama: "Ó meu Deus! Hei de eu espedaçar em respeito ao mundo este filho, que é o meu amor e o meu opróbrio?... Hei de eu abafar o grito da minha consciência e coração para que o mundo me veja um rosto limpo, um rosto lavado no sangue do meu filho?..." Quando a mulher assim fala a Deus, a misericórdia divina dá-lhe um anteparo contra as injúrias do mundo; e o mundo, se lhe adivinha as dores, e o mimo daquela paixão, à qual só falta um sacramento para ser santa, o mundo perdoa-lhe, embora a repulse do contato das almas cândidas, das suas ilhas, das suas esposas, das suas irmãs que Deus permita não humilhem com maiores desprezos a desgraça que é mãe.

É, pois, chegado o momento da confidência. Quem a recebe é a consternada velha, que vira nascer a mãe daquela menina. Até àquele momento, Brites estivera longe de imaginar um erro naqueles amores; julgava-os na sua máxima pureza. Descem lágrimas nas rugas dos oitenta anos, lágrimas de bom agouro, que deixam mais livre o acesso à piedade. Eugênia cuida que o revelar-se aos irmãos lhe dará um esposo, lhe será redenção de ignomínia.

— Não, minha infeliz, senhora não! — exclama a velha.

E conta-lhe três idênticas e desventurosas histórias, que ela presenciou em sessenta anos de serviço naquela família: três mulheres sepultadas em conventos, onde nunca entrou raio de contrição nem conforto.

O alferes sabe em Bragança as agonias de Eugênia, e sente na alma o estilete excruciante da expiação. Nenhuma morte sustenta o paralelo com as flagelações de seis meses, sofridas a tantas léguas de distância.

Eugénia recebe o ar e a luz pela janela do seu quarto unicamente. Teme-se da observação das criadas, que lhe espiam os passos, sem suspeitarem de Brites. A velhinha tudo provê e prevê; mas, a intervalos, quer morrer, antevendo as agonias da hora improrrogável, da hora em que o grito de aflição rompe através das mãos da vergonha, que tentam sufocá-lo.

Era no mês de dezembro de 1816.

O alferes lançou-se aos pés do general da província de Trás-os-Montes, que demorava em Bragança nessa ocasião. Abre-lhe sua alma, em torrentes de pranto. O velho general chora, e diz:

— Tenho rigorosas recomendações a seu respeito; mas vá: peça-me licença para ir ver sua família. Dou-lhe quinze dias. Vá, embora eu tenha de sofrer.

O alferes vestiu hábitos paisanos e desceu a Torres Novas. Ali, vestiu-se de mendigo, simulou uma paralisia de braços, e pediu gasalhado em Recaldim. Trocou ligeiras palavras com Brites, e não viu Eugénia. Voltou à albergaria do comendador algumas noites. Os criados contemplavam-no, e diziam:

— Tão novo e tolhido de braços!

As criadas acrescentavam:

— E não havia de ser feio!

Na noite de 15 de janeiro, por volta de onze horas, abriu-se a porta da albergaria, e entrou Brites com a face alagada de suor e lágrimas. O alferes formou entre os braços com as dobras da capa de mendigo uma caminha de farrapos, recebeu um menino, e saiu. A duzentos passos estava o leal camarada do oficial com um cavalo à rédea. O alferes cavalgou, o auxiliar saltou à anca do cavalo, e partiram.

Em Torres Novas alimentaram o recém-nascido. Prosseguiram até Santarém, onde foi batizado sete dias depois. Ali veio uma ama do Cartaxo, e o levou consigo.

Estava a expirar a licença. O alferes entrou no quartel, à última hora, e beijou as mãos do general, dizendo:

— Dei-lhe o nome de V. Ex.ª. Aí me fica a memória da sua comiseração, general!

D. Eugênia de Nelas, dois meses depois destes sucessos, recebia uma carta de seu irmão Vasco, participando-lhe que ia casar com uma titular brasileira, agraciada pelo Sr. D. João VI, e convidava sua irmã a acompanhá-lo à corte do Rio de Janeiro.

D. Eugênia respondeu que queria viver e morrer no seu desterro de Recaldim.

"Bem sei — replicou Vasco. — Bem sei... Brevemente se quiseres salvar o amante, mudarás de resolução".

Decorreram alguns meses. Instaura-se processo a Gomes Freire de Andrade. São presos os cúmplices da conspiração, e os suspeitos cúmplices. O alferes é chamado a Lisboa, e recolhido ao castelo de S. Jorge, como indiciado nos planos subversivos do general Freire Andrade. São os Lucenas que tramam a bem agourada perdição do alferes. Eugênia é avisada do encarceramento do alferes.

A faca apontada ao peito da tímida senhora é um dilema: se ela persiste em ficar, o alferes morrerá; se vai para o Brasil, o réu será absolvido.

Eugênia vai para o Brasil, e o alferes, sem saber por que o acusam, nem por que o absolvem, sai do castelo e entra nas fileiras.

Rui de Nelas, acantoado sempre no seu solar de Pinhel, recebera a infausta nova da queda de sua irmã. Respondendo a Vasco, disse: "Não tenho irmã; nunca mais me falem nessa mulher. Fizeram bem não me dizer o nome do insultador de nossa família, se é que ele tem nome".

Saltemos a 1820. D. Eugênia é o assombro dos salões do Rio de

Janeiro. Reviçam-lhe todas as graças; a da melancolia realça a melancolia que dava a entender que o anjo, lembrado do céu, tinha saudades.

Vasco é-lhe odioso. A casa do irmão atormenta-a como um ergástulo. Perdeu esperanças de voltar à pátria, e aspira a ver no céu o esposo de sua alma.

De repente, como que as esperanças lhe morrem, e a querida dos fidalgos brasilienses desce os olhos sobre a terra.

Vê um conde que fora de Portugal, com o príncipe regente, e a requesta de joelhos. E vai ela, levanta com a mão o homem que há de resgatá-la do domínio do irmão, e sai condessa de Azinhoso da casa abominada.

No redemoinho das festas, a condessa parece estar sempre em contemplação dum túmulo. E o marido mais a adora assim; e ela, de lhe ver o amor através das lágrimas, as enxuga, e pede a Deus um novo coração para seu marido.

Nunca mais seus lábios responderam a Vasco; e, ao terceiro dia de casada, disse ao conde:

— Meu amigo, a presença de meu irmão nesta casa é como a do algoz da minha felicidade, e da tua, se posso dar-te. O conde Azinhoso ouvia sua mulher, e obedecia com jubilosa escravidão.

Gonçalo de Nelas havia morrido em 1819, D. Frederico de Paim de Lucena morreu em 1820, legando os seus bens ao sobrinho vivo; Vasco, em viagem para a pátria, morreu de febres.

A condessa enviuvou em 1833. Cuidou em liquidar os seus copiosos haveres, e voltar a Portugal.

Uma delirante esperança vinha com ela. Rica, livre, a alma inteira no seu passado amor! Desembarcou em Lisboa por junho de 1834. Reinava D. Pedro IV.

Mandou indagar do alferes de 1817 aos seus camaradas anteriores à cisão política. Responderam-lhe que tinha morrido na guerra.

Ergueu ela então as mãos e disse:

— Ó meu Deus: merecia eu tamanho castigo?!

Mandou ainda perguntar por um filho do militar que morrera. Ninguém deu novas de tal filho! O espírito público batia as asas ainda no ambiente de fogo, e ninguém curava de saber onde podia existir o filho dum oficial, que morrera rebelde.

Foi então que a condessa de Azinhoso, aterrada da sua soledade, escreveu a Rui de Nelas, pedindo-lhe a sua estima e uma filha, que lhe fosse companhia.

O irmão não lhe respondeu.

Esta é a história triste da senhora, cujo valimento Rui de Nelas vai pedir a favor de seu genro.

Qual é o valimento da condessa em Lisboa? É o prestígio da riqueza, e da beleza ainda.

Quarenta e seis anos, com trinta de amarguras, e ainda formosa! É que há mulheres de tamanha alma, que primeiro o fel da desgraça há de enchê-la antes que o corpo se alquebre.

Das masmorras de 1793 saíam formosíssimas mulheres para a guilhotina.

A mulher de Luís XVI tinha pequena alma, sonhara vinganças mesquinhas, e por isso lhe encaneceram os cabelos numa hora.

Madame Roland, a cismadora de revoluções úteis, ia formosa no seu carro de morte.

Carlota Corday iluminou-se de formosura mística ao ver-se espelhada no aço do alfanje.

XVI

O JULGAMENTO

Ao cabo de cinquenta dias estava o processo pronto para entrar em julgamento. Dominava em Coimbra a opinião de ser inevitavelmente condenado Casimiro de Betancur. A inocência, que algumas pessoas apregoavam, era em geral recebida a riso, como um paradoxo.

A alma de Cristina confrangia-se, e os lábios sorriam ainda. Era ela só quem ainda simulava esperanças; mas que suplícios surdos lhe custava a dissimulação!

Ladislau e o vigário em vão queriam imitá-la. A sua tristeza era como as trevas do cego que não se alumiam ao tremer convulso das pálpebras. Queriam esperançar-se, e de toda a parte lhes soava como irremediável a sentença. Rosnava-se em compra de jurados: não era preciso arguir ao suborno a condenação. Casimiro estava sem defesa: o seu silêncio impressionava favoravelmente as almas distintas; o vulgacho, porém, que havia de julgar das provas, daria importância nula à mudez do réu. Os protetores de D. Alexandre eram os mais graúdos fidalgos de Coimbra e cercanias. Por Casimiro Betancur ninguém pedia. O padre e o cunhado reduziam-se a promover o andamento rápido do processo, pagando liberalmente as despesas e atividade do procurador. Isto era bastante; mas faltava muito.

Rui de Nelas afligia-se a cada nova carta desanimadora que recebia; entretanto, a solução favorável em Lisboa era um respiradouro para ele e para os poucos amigos do preso.

Designado o dia do julgamento, o pai de Cristina escreveu a sua irmã, contando-lhe os pormenores do casamento da filha, as desventuras do genro, a sua inocência no crime assacado, a indefesa pertinaz em que ele se pusera, o mistério do homicídio, a certeza de que o silêncio de Casimiro Betancur era um heroísmo de honra, talvez novo. Rematava pedindo à condessa de Azinhoso que patrocinasse em Lisboa sua sobrinha, que era mãe e esposa extremosa.

Na antevéspera da audiência, travou desordem uma malta de acadêmicos rixosos com as patrulhas noturnas. Alguns estudantes retiraram feridos, e invocaram Guilherme Lira, em nome da honra acadêmica. O chefe da Sociedade da Manta respondeu que, numa das próximas noites, seria vingada a academia.

No dia imediato, entrou Guilherme no escritório de um tabelião, e pediu meia folha de papel selado. Assinou-se no fundo da lauda, e fez que o notório lhe reconhecesse a assinatura.

Recolheu a casa, e deteve-se algum espaço, escrevendo no branco da folha assinada e reconhecida. Fechou em forma de ofício, lacrou e escreveu algumas palavras no invólucro. Depois fez algumas cartas: uma sobrescrita a D. Joaquina Soares Lira, sua mãe, residente em Évora; outra a sua irmã, casada em Estremoz; e ainda uma terceira brevíssima, dirigida a uma senhora, que tinha o segredo da ferocidade daquele homem. Terminava assim: "Não te cito para o céu nem para o inferno. Chamo-te diante do teu próprio remorso. Viste-me um anjo aos dezoito anos; e fizeste de mim isto que sou. Não te acuso; lá tens dentro d'alma o teu algoz. É tempo de acabar".

Deitou as cartas na caixa postal, e foi à cadeia, segundo o seu costume cotidiano, ver Casimiro. Eram quatro horas da tarde. Estava o jantar na mesa. Guilherme sentou-se ao lado de Cristina, e começou com apetência. De uma vez inclinou-se ao ouvido da senhora e disse-lhe:

— Amanhã já V. Ex.ª janta em casa com seu marido.

Cristina soltou um brado de alegria.

— Que é?! — inquiriram todos.

Guilherme fitou-a, e descaiu as pálpebras.

Era impor-lhe silêncio, e ela abafou a revelação, que lhe crispava nervosamente os lábios, e arquejava o seio.

Esperaram, breve tempo, a resposta com ansiedade. Cristina fitou os olhos suplicantes do acadêmico, e ele, erguendo-se, disse:

— Pode falar, minha senhora, daqui a instantes.

E abraçou Casimiro, beijando-o nas faces ambas; abraçou Cristina, osculando-lhe a fronte; apertou afetuosamente as mãos de Peregrina, Ladislau, e o padre João; afagou as duas criancinhas, e saiu de golpe. Casimiro chamou-o com veemência, e ele não voltou.

Referiu Cristina o que lhe ouvira. Casimiro concentrou-se, pensou alguns minutos, e disse:

— Não mentiu. Amanhã jantaremos em liberdade. Pediram-lhe o sentido das palavras do acadêmico. Betancur respondeu:

— Amanhã.

Notaram todos que a tarde e noite daquele dia foram as mais tristes horas de Casimiro na sua prisão de dois meses. E, contudo, Cristina escondia o seu contentamento.

Eram dez horas da noite, quando Casimiro ouviu grande grita e o estrondo de alguns tiros. Estava já sozinho, passeando febrilmente na saleta, e disse entre si:

— É agora.

O alarido e o tiroteio continuaram.

Colou o ouvido às portadas da janela, e ouviu dizer na rua.

— Mataram o Lira.

Meia hora depois recaiu tudo em silêncio, quebrado pelas passadas das patrulhas em tresdobro. E o carcereiro bateu de manso à de Casimiro, e disse:

— Dorme?

— Não. Pode entrar.

— Venho contar-lhe o que vai. O seu amigo Lira espancou as patrulhas que encontrou desde o Bairro Alto até à Rua do Coruche. A Sociedade da Manta apareceu em armas, atacou o reforço, que saiu do quartel. Quando ia retirando para o Monte Arroio a estudantada, debaixo de fogo, o Lira ficou atrás, sem arma nenhuma, a não ser o varapau de choupa que metia ao peito dos soldados. Tinha ele recuado até às grades de Santa Cruz, quando caiu morto com uma bala atravessada de fonte a fonte. Meu filho vem de o observar. Faz dó ver um homem tão valente assim morto como se mata qualquer poltrão!...

— Obrigado à sua notícia.

— O senhor ficou triste deveras! — tornou o carcereiro. — Tem razão que ele era seu amigo duma vez!... Boas noites, Sr. Betancur. Amanhã é o dia da grande batalha. Espero em Deus que...

O carcereiro tão certo estava da condenação, que não ousou mesmo concluir a frase de esperança em Deus.

Mal se abriram as portas da cadeia, entraram Cristina e os amigos a contarem o sucesso. A justiça ia tomar conta do espólio do morto. Coimbra estava agitada de terror. Receava-se grande luta da academia com a tropa no ato do enterro de Guilherme. Supunha o padre que se não abrisse o tribunal, para obviar o azo da desordem. Contou Ladislau que o estudante, na véspera, tinha ido reconhecer a sua assinatura a um tabelião. Cristina, que tudo sabia, esperava que seu marido fosse salvo por alguma declaração de Guilherme.

Eram, porém, nove horas, e não aparecia alvará de soltura, nem contraordem de julgamento.

Às dez horas chegou o oficial do juízo para acompanhar o réu ao tribunal.

Logo à saída do cárcere, ouviu Casimiro dizer:

— É preciso ir acabando com os assassinos. Um já lá vai; este não tarda; os outros hão de ir, quando lhes chegar a vez.

Quem tão sisudamente discreteava era o cidadão honesto da Couraça dos Apóstolos, em cuja cabeça Guilherme deixara um sinal inútil para a morigeração das pessoas.

Sentou-se Casimiro no banco dos réus. Cristina, Peregrina, o padre e Ladislau ficaram fora da teia. D. Alexandre de Aguilar, como parte, sentara-se entre o seu advogado e o representante do Ministério Público. Na acareação de autor e réu, perguntado o primeiro se reconhecia em Casimiro Betancur o sujeito que o espancara, o fidalgo respondeu:— Não podia ser outro.

— Pergunto a V. Ex.ª se é aquele, e se não podia ser outro — replicou o juiz.

— É aquele.

Saíram a depor as testemunhas da acusação. Eram concordes em dizer que viram entrar em casa do réu o sujeito que matara um homem, e deixara o outro estendido. Recordaram todos as precedentes agressões que o réu fizera contra o autor, já no botequim da Rua Larga, já na Ponte. O cidadão honesto sobrexcedeu a má vontade das demais testemunhas, dizendo que o réu era sujeito de tão maus costumes que roubara uma filha a um fidalgo benfeitor, e com a filha roubara as joias da família.

— Esse infame está a mentir! — exclamou Cristina. Casimiro voltou-se para o lado onde estava sua mulher, e encarou-a fito, com severo olhar.

O juiz disse:

— A senhora não pode aqui falar.

— O que ela diz não se escreve — acrescentou a faceta testemunha, sorrindo do alto da sua probidade.

— Querelo da testemunha — disse o advogado do réu.

— Eu não querelo da testemunha — emendou Casimiro.

— Em tempo competente resolverão — admoestou o juiz.

Convergiram todos os olhares sobre Casimiro.

Um dos jurados disse:

— Eu já não condeno aquele homem!

— Por quê?! — perguntou o vizinho.

— Aquele homem está inocente ou é doido.

— Qual doido? Aquilo é um grande farsista! Ele não quer dar testemunho porque sabe que roubou as joias.

Terminou o depoimento da acusação por parte do autor e do Ministério Público.

Esperavam-se testemunhas da defesa: o escrivão disse que não estavam inscritas nenhumas.

— É doido ou não? — disse o jurado bem-intencionado.

— Qual doido? — replicou o outro. — É tão patife que não tem quem o defenda.

Ia levantar-se o patrono de D. Alexandre, quando o administrador do conselho entrou na sala do tribunal, e entregou ao advogado do réu uma carta em forma de ofício.

O orador, que já tinha dito: "Senhores jurados!", suspendeu-se.

O patrono do réu leu uma meia folha de papel, e disse, em pé, com os cabelos hirtos:

— Sr. Doutor Juiz de Direito, V. Ex.ª dirá se o debate deve

continuar, depois de ler a declaração que remeto à consideração de V. Ex.ª. Maquinalmente ergueram-se todos, auditório e jurados.

O juiz leu mentalmente, e passou o papel ao delegado. Trocaram breves palavras, e deram ao oficial de justiça o papel.

— Leia o Sr. Advogado do réu — disse o juiz. — Eu por mim entendo que terminou o debate.

— Sou de igual parecer! — ajuntou o Ministério Público.

O advogado de Casimiro, limpando as camarinhas do suor, leu com voz tremente de alegria e comoção d'alma:

"Declaro eu, Guilherme de Noronha e Lira, estudante do 5º ano de Direito, que fui eu quem matou, na noite de 16 de janeiro do corrente ano de 1840, um criado de D. Alexandre de Aguilar, e empreguei os meios de matar também o amo. Não tinha contra algum deles motivo de ódio pessoal; mas, como inimigo jurado de poltrões covardes, e sabendo eu que eles espreitavam ensejo de matar Casimiro de Betancur, mancebo tão honrado como valente, protestei livrá-lo de tão miseráveis inimigos, atacando-os sozinho e sem mais arma que um pau de choupa, no momento em que eles tinham arrombado a porta de Casimiro para o irem matar entre sua mulher e sua filhinha dum ano. Declaro mais que fui eu quem afugentou a companhia, postada às portas de Casimiro, na intenção de o arrancar às garras da justiça; mas o meu amigo não quis fugir, assegurando-me que se havia de salvar sem pôr em risco a minha segurança. E portanto, resolvido a acabar com a vida, poucas horas antes de me deixar matar, faço esta declaração, e peço a Casimiro Betancur perdão de o ter infelicitado, quando cuidava que o beneficiava com o meu zelo guardador da sua preciosa vida. Peço também perdão da inexplicável fraqueza que me tolheu de eu ter feito esta declaração desde o momento que o meu amigo encontrou o cárcere. Eu sei que ele me perdoou; mas volto as minhas súplicas para a esposa atribulada, que tantas vezes, com um sorriso de amiga, devia execrar o causador das suas calamidades! Faço esta declaração debaixo dos olhos de Deus, e juro pela virtude de minha mãe que é verdade o que digo, e será infame quem me não acreditar. Coimbra, 19 de março de 1840. *Guilherme de Noronha Lira*".

D. Cristina perdera o alento nos braços de Peregrina. Muitos acadêmicos romperam de salto a teia, e vieram parar no meio da sala. O advogado do réu, esquecido das praxes, foi abraçar o cliente, que parecia dar levemente conta da agitação do auditório, e aplicava o ouvido aos soluços da esposa. Os jurados limpavam as lágrimas, exceto um que tinha recebido uns vinte mil-réis de D. Alexandre. O fidalgo-autor acachapara-se de modo que parecia querer sumir-se debaixo da mesa. O seu advogado lia a declaração, e carecia de coragem para impugnar-lhe a validade. O juiz dizia ao delegado:

— Devíamos esperar isto, ou cousa semelhante. Este homem, sem provar nada, tinha provado a sua inocência.

E o delegado confirmava:

— Eu espero a minha vez de abraçá-lo!

O cidadão honesto da Couraça dos Apóstolos ia a sair, quando Casimiro, que parecia absorto, disse:

— Sr. Juiz, peço a V. Ex.ª a graça de ordenar àquela testemunha que se demore um instante.

— Quer querelar! — bradou o patrono.

— Não quero querelar — acudiu Casimiro, desabotoando uma carteira, donde tirou um papel, e acrescentou:

— Disse a testemunha que eu roubara as joias da família da minha mulher. A testemunha faltou à verdade. Peço licença para ler, e oferecer ao exame das pessoas que me escutam, a seguinte declaração de meu sogro: *"Rui de Nelas Gamboa de Barbedo, de Pi-*

nhel, declaro que minha filha Cristina Elisiária não subtraiu de minha casa valor algum, nem os seus próprios vestidos e adresses, quando fugiu para casar com Casimiro Betancur. E por isto ser verdade, mui espontaneamente, e com juramento aos Santos Evangelhos o declaro agora e sempre. Pinhel, 22 de abril de 1839. Rui de Nelas etc.".

— Meu sogro está vivo para confirmar a minha declaração.

— Confirmo! — bradou uma voz dentre as turbas comprimidas da teia. E logo um gentil ancião de veneráveis cãs, e nobre aspeito, com as faces arregoadas de lágrimas, entrou na clareira que a multidão lhe abriu, e chegou à beira de Casimiro, e repetiu com a voz quebrada de soluços:

— Confirmo! Confirmo! Honrado moço, meu filho amado!

E abraçou-se nele, e logo sua filha, que se lhe lançou aos pés, e em Ladislau e no padre, e na irmã e em todos quantos vinham com os olhos úmidos, porque ali quantos choravam, e choravam todos, ele adotava como amigos, como quinhoeiros da sua alegria.

Que momentos aqueles! Aquele júbilo febril não matou, porque era santo, porque a providência divina se comprazia em contemplá-lo!

XVII

CONTRASTES

Ia turbulenta a comitiva, que seguiu até casa de Betancur. A faísca elétrica do entusiasmo, recebida nos lances do tribunal, conflagrou ânimos juvenis, em belicoso arrebatamento contra a polícia e tropa; por maneira que as duas famílias levavam um préstito de centenares de mancebos, urrando vivas à academia, e morras aos futricas e aos soldados. Casimiro parou algumas vezes no intuito de arengar aos moços; porém, a cada palavra conciliadora respondia o fremir de muitas vozes, a pedirem sangue e vingança!

— Parecem-me canibais! — dizia Rui de Nelas ao vigário. — Esta rapaziada não tem quem a governe!? Pobres pais e mães!

Conseguiram entrar em casa, e acomodar os pequenitos, que vinham chorando de medrosos da vozeria, Mafalda nos braços do avô, e o filho de Ladislau nos do padre João.

Casimiro saiu à janela a dizer expressões de reconhecimento, que a turba desatendia, clamando sempre por vingança, e pedindo ao acadêmico que tomasse o comando dos estudantes para vingar a morte do valente, que o defendera a ele.

Por entre os amotinados circulavam pessoas de respeito, pacificando os ânimos, ou enganando-os para mais azado lanço. A custo, porém, se dispersaram, comprometidos a reunirem-se no saimento de Guilherme Lira.

Aquietou-se a rua.

O velho sentou-se entre a filha e o genro, lançando-lhes os braços em volta do pescoço. Alegremente conversou, ora queixando-se de o não terem muitas vezes importunado com rogos de perdão, ora prometendo-lhes em redobro a amizade, que lhes não dera mais cedo.

— Nada de Coimbra — dizia ele a Betancur. — Vamos para Pinhel, que tu não tens necessidade de ser oficial com tanto trabalho. A legítima de tua mulher vai aumentando, sou eu que a tomo a juros; e, enquanto eu viver, estareis em casa, sem despender do vosso. É preciso pagarem-se as dívidas de dinheiro, que as de amor nunca se pagam. Este Ladislau é um grande moço, é o pai no rosto e no coração. Este padre João sei eu bem o que ele é: criou-se debaixo das minhas telhas, e há de vir a ser bispo, se a virtude é qualidade para ser bispo. Enquanto à cachorra da Peregrina, esta, se não fosse do Ladislau, havia de casar comigo, que está guapa, esbelta, e uma perfeita dama. Vocês riem-se? Talvez pensem que se eu quisesse dar madrasta à minha Cristina, andaria muito tempo a farejar nas boas famílias da província!... Ora, agora tu, Casimiro, deixa-te de Matemáticas, faz-te lavrador, toma à tua conta os caseiros da nossa casa, melhora-me os bens livres quanto puderes, benfeitorias e mais benfeitorias nos prazos de nomeação, que eu quero deixar o menos que possa ser ao D. Soeiro, àquele vil enroupado em hábitos fidalgos. São uns lacaios todos, desde o morgado até D. Alexandre, e a minha Guiomar lá se fez com eles, que nem já se dignou escrever-me no dia dos meus anos! Deixai-a comigo... Vamos a saber: vocês não jantam? O contentamento é uma boa iguaria; mas sempre vejam se me guisam o contentamento com umas batatas, e umas fatias de presunto. Vocês comem o contentamento, e eu resto.

Saiu Ladislau a tomar o jantar no Paço do Conde, visto que em casa ninguém atinava a saber onde estavam as panelas.

Entretanto, continuou o infatigável fidalgo:

— Vou logo escrever a minha irmã, a contar-lhe o sucedido. Tenho vontade de a ver; não queria morrer sem a ver! Foi para Lisboa aos treze anos: era um lírio de brancura e galantaria. Nunca mais a vi... Velha não pode estar, que eu levo-lhe vinte anos de vantagem. Bela vantagem, não tem dúvida!... Talvez a convide a vir passar conosco em Pinhel alguma temporada; mas ela sai lá de Lisboa! Disse-me um deputado que a condessa vive lá no último fausto, e é visitada por tudo que tem um nome grande na aristocracia e na política. Será ela constitucional? Isso lá me custa; mas, enfim, o marido era-o; e justo é que ela herde as convicções de quem herdou seiscentos mil cruzados em dinheiro, que os vínculos foram a quem tocaram. Fez uma asneira minha irmã em enviuvar sem filhos.

Ninguém lhe cortava a jovial parlenda ao velho, até que chegou Ladislau com dois moços carregados de vitualhas. À exceção de Rui de Nelas, os convivas debicaram levemente nas iguarias. Casimiro comera regularmente no dia em que fora preso; e, solto, entretinha-se a repartir o prato entre os pequenos. Não parecia ter a satisfação da alma, que lhe tornava fastidioso o alimento; pelo contrário, revia-lhe o semblante uma extraordinária melancolia.

É que o moço via diante de si continuadamente a imagem de Guilherme, que vinte e quatro horas antes, tinha dito a Cristina: "Amanhã já V. Ex.ª janta em casa com seu marido". E abstinha-se de revelar a sua mágoa para não compungir a esposa e amigos, que tão alegres estavam, e perdoavelmente esquecidos do comensal do dia anterior, àquela hora amortalhado!

Era já propósito de Casimiro sair da Universidade, e ir buscar sua vida em qualquer parte ou mister. Aquele ano era o segundo já perdido. Entrou-se da certeza que a desgraça lhe atravancava o caminho das ciências. E ele amava o estudo, deleitava-se nas asperidões da Matemática, e ia desatar-se para sempre e saudosíssimo dos seus livros, das suas oito horas de estudo, da sua banqueta de pinho pintado, e de toda aquela pobreza limpa, que as mãos de sua mulher transformavam em jaspes, mognos, rases e ouro.

O convite de ir para Pinhel, com o sogro, seu amigo, entrar no gozo das honras da ilustre família, ostentar a benemerência da sua probidade, regendo a avultada casa, vingar-se assim pacificamente dos de Miranda, nenhum destes incitamentos lhe descontava nas dores. Será paradoxal o dizer que Betancur mais se queria refugiar no casal de Vila Cova, com sua mulher e filha, e antes de melhor rosto aceitar o seu prato à mesa de Ladislau? Pois é uma sublime verdade esta! Casimiro olhava em Ladislau, no vigário, e sua irmã, e dizia-se: "Ó meus amigos, a minha dor inconsolável será deixar-vos. Eu hei de fugir sempre para as vossas serras, enquanto tiver vida para me lembrar o que fostes para mim e minha mulher nos dias do desamparo!"

— Cuidei que te vinha trazer mais alegria, Casimiro! — dizia o fidalgo.

— V. Ex.ª desculpe a minha tristeza — respondeu Casimiro. — Enterra-se hoje um meu amigo.

— Pois sim, bem sei que deves ter pena do rapaz! Contudo, cada cousa tem seu lugar. Conversa com a gente, abre um riso nesse rosto, e faz que eu me não persuada que sou aqui demais para a tua satisfação.

Casimiro levou aos lábios a mão do velho, e disse:

—V. Ex.ª está gracejando; mas, ainda assim, magoa-me. Eu podia esperar muitas melhorias à minha sorte, que ainda ontem era desgraçadíssima no dizer do mundo; porém, a vinda de V. Ex.ª, com tão amorável perdão, tamanho bem é que eu nem sonhava. V. Ex.ª dirá se eu...

— Não me dês sempre *excelência*, Casimiro; chama-me alguma vez pai, se queres que eu te chame filho.

Beijou-lhe de novo a mão, enquanto Cristina, tomando o maior quinhão de contentamento daquela adoção paternal, abraçou-se ao pescoço do velho, e acariciou-o infantilmente.

Ao anoitecer, Casimiro pediu licença para sair.

— Onde vais? — acudiu Rui de Nelas.

— Vou acompanhar o cadáver de Guilherme Lira.

Encararam-se mutuamente, e voz nenhuma contrariou a piedade do amigo.

Ladislau, tomando licença de sua mulher, seguiu o compadre. O vigário ficou em companhia de Rui e das senhoras.

Cristina, ao despedir-se do esposo, no patamar da escada, disse-lhe em modulação suplicante:

— E se houver desordem?...

— Eu farei que haja paz, minha filha.

— Então vais na ideia de te envolveres na desordem?

— Não, filha; vou na ideia de evitá-la. Limpa as lágrimas, Cristina: não apareças assim diante de teu pai, que me acusará de duro para ti. Bem sabes que sagrado dever eu vou cumprir, minha filha.

Saíram.

Raro acadêmico faltou ao saimento do cadáver. As alas negras moviam-se vagarosas, tristes e com os olhos em terra. Ao lampejar das tochas rebrilhavam muitas lágrimas.

Guilherme Lira morrera propugnando pelos brios acadêmicos, diziam: era um engano. Guilherme morrera, suicidando-se. É verdade que no correr de quatro anos, mão terrorista pesara sobre a gente coimbrã, avessa aos acadêmicos, de cujo pão vivem. Soldados e verdeais respeitavam a batina, porque Guilherme Lira vestia uma.

Sobravam razões de gratidão àquele desgraçado; mas o seu morrer, o derradeiro arrojo, não era já valentia! Fora um ir meter o peito às espingardas que o abocavam.

Foi o cadáver lançado à cova. Neste aro, Casimiro saiu de entre a multidão que rodeava a sepultura, e lançou sobre o cadáver a primeira pá de terra. Depois cruzando as mãos sobre o peito, e sem desfitar olhos da cabeça empanada e ensanguentada do morto, disse:

"Ali está a mocidade e a força; ali está um mancebo, que deixou mãe neste mundo; nisto parou o grande alento donde os infortúnios da vida desviaram as torrentes dos influxos do céu. Este homem seria o anjo do bem, se melhores condições de mocidade o não houvessem saturado de ódio contra o mundo. Eu sei a história desta existência perdida, senhores. Este moço era bom: derramou inutilmente os bálsamos do coração; achou-se vazio de amor; e repletou-se de peçonha e ódio. Cansou-lhe a coragem para a resignação; sobreveio-lhe o delírio da vingança, cega vingança, sede voraz de sangue; mas observai, senhores, que a tentação nem sempre venceu o instinto do céu com que fora dotado este moço. Aquele homem teve tantos amigos, tantos que, entre vós, um só não há que se peje de mostrar as lágrimas. As minhas seria vergonhoso que se não vissem: eu hei de chorá-las longo tempo... Vós sabeis que as portas do cárcere se me abriram hoje, porque esta sepultura vai ser fechada. E eu, na presença de centenares de testemunhas, e por aquela redentora cruz, vos juro que aceitaria a minha prisão perpétua em troca da vida deste homem, que era vosso, assim como tinha sido o meu defensor..."

— Vingança! vingança! — bradaram algumas vozes de estudantes, que agitavam os gorros e as tochas.

Espetáculo para terror era aquele em volta de um cadáver!

E um brado, conglobado de mil brados, respondeu:

— Vingança!

Casimiro ergueu a mão, pedindo silêncio, e exclamou:

— Paz! Paz! É que eu vos peço, em nome de vossas mães, em nome das cãs do velho pai, que espera amparar-se em vosso braço! Em nome de vossas irmãs, que fiam do vosso auxílio o seu futuro! Em nome das almas cândidas que vos sorriem ao coração dias de maior felicidade. Paz vos peço eu, meus amigos, apontando-vos este moço que está por aqueles lábios frios contando o que é a desordem, o que é a guerra, o que é o desencaminhar-se um homem da estrada onde há espinhos, para tomar pela estrada onde há abismos. Que útil lição, que excelente preceptor nos está sendo este cadáver! Lembrai-vos, senhores, que este moço tem mãe. Entrai com o espírito no coração das vossas. Avaliai o amargor das lágrimas que verterá cada uma das santas do amor, se um de vós cair naquela outra sepultura. Consenti que eu fale neste instante pelo brado de todas, e vos peça o que elas suplicantes a cada um de vós pedem: "Paz, meus filhos!"

Calou-se Casimiro. Respondeu o ciciar da respiração alta do imoto auditório. Retirou-se ele da margem da cova, e caminhou triste por entre a multidão, que deixara pender o braço sobre a arma escondida sob a capa. Daí a pouco, os acadêmicos debandavam em grupos, e o silêncio daquela sepultura estendeu-se pela face da cidade.

Ao sair do cemitério viu Casimiro diante de si a esposa, o sogro, o vigário e Peregrina.

— Viemos ouvir-te, filho — disse comovido o velho.

— É superior à nossa admiração, Sr. Casimiro! — disse o vigário.

— Eu sou apenas superior aos maus pela virtude de os lastimar — respondeu Casimiro, dando o braço ao sogro, cuja sensibilidade lhe quebrantava as forças.

Desde logo, a pedido de Rui de Nelas, começaram as senhoras os aprestes para a jornada no dia imediato à tarde. O velho futurava o rompimento de alguma revolução acadêmica, a intervenção pacificadora de Casimiro, e a fortuita desgraça de ser empenhado pela honra a coadjuvar o partido dos estudantes.

A esta hora, meia-noite seria, D. Alexandre de Aguilar, infamado, desprezado, e solitário na sua angústia, esvaziava garrafas de conhaque no intento de aturdir-se e responder com a gargalhada do ébrio ao grito da vergonha. Os deploráveis perdidos, que se valem desta triaga, parece que a si propriamente se estão castigando, com mais crueza do que poderia castigá-los a justiça humana. Noite alta, o ébrio batia com a cabeça nas vidraças de suas janelas, farpava a face nas arestas dos vidros, e rugia imprecações contra Deus. As patrulhas acumulavam-se à sua porta, e gargalhavam das estúpidas objurgatórias do moço. Acudiam os acadêmicos vizinhos, e bradavam-lhe:

— Cala-te aí, miserável! Afoga-te em conhaque; não apareças mais à luz do sol; mas cala-te, besta, que, para seres fera, só te falta a bravura.

O tumulento fitava o ouvido, e respondia com roucos insultos requintados em obscenidades de alcouce.

De madrugada, o neto dos Parma d'Eça acordou de frio, que tinha o peito ensopado no próprio vômito.

Sentou-se circunvagando os olhos espavoridos por sobre a desordem que o rodeava. Ergueu-se cambaleando, recaiu numa poltrona, escondeu o rosto entre as mãos, e chorou.

Oh! Aquelas lágrimas é que não eram infames!

O desgraçado lembrou-se que, cinco anos antes, tinha mãe, e que a profética senhora muitas vezes lhe dissera: "Pressagia-me o coração que hás de ser desgraçado, meu filho".

— Por quê? — perguntava ele.

— Porque tens dezessete anos; saíste ontem do colégio, e já hoje escarneces a religião de teus pais. Assim tão cedo deixaste estragar o coração!... Daqui a anos, nem por amor de teu nome, nem por cálculo, serás honrado!

E, cinco anos depois, e só então, lhe lembraram as palavras de sua mãe!... Era o seu anjo da guarda que as recebera então, e agora lhas oferecia à memória, como lenimento único daquela funda úlcera de descrédito, desgraça e infâmia.

Na noite desse dia, D. Alexandre desapareceu de Coimbra, foi caminho de Lisboa, daí pediu sua legítima a D. Soeiro e saiu de Portugal. Há vinte e três anos que foi, e não voltou.

> # XVIII

MÃE!

Às duas horas da madrugada do dia seguinte ao das cenas descritas no anterior capítulo, chegou à porta da hospedaria, chamada Paço do Conde, uma carruagem tirada por duas parelhas. Abertas as portas, apeou uma senhora, dando a mão a um padre velho que descera primeiro, e logo uma criada. O padre, respondendo à pergunta do criado do hotel, disse que a Sra. Condessa de Azinhoso tomaria um caldo de galinha, e voltou a receber ordens de S. Ex.ª.

— Pergunte, padre Francisco — disse ela –, se hoje foi o julgamento de um acadêmico chamado Casimiro de Betancur.

O padre foi cumprir, dizendo entre si: "Que importa à Sra. Condessa o julgamento do acadêmico, chamado Casimiro de Betancur? Pois será para assistir à audiência que ela vem a Coimbra com jornadas forçadas?!" Volveu o padre, dizendo:

— É uma história interessante, que parece novela, a do tal acadêmico, Sra. Condessa. Em resumo, conta o estalajadeiro que, estando para ser julgado o réu, e forçosamente condenado, apareceu a declaração doutro acadêmico, que mataram antes de ontem, confessando-se o matador. Em consequência do quê, o tal Betancur foi posto em liberdade.

— Graças, graças, meu Deus! — exclamou a condessa ajoelhando. O padre empedreniu-se, e encarou na criada também estupefada: nenhum ousava tugir um monossílabo. Ergueu-se a condessa, e enviou de novo o capelão pedir ao dono do hotel a bondade de falar com ela por alguns minutos.

O estalajadeiro vestiu a casaca, e esperou na sala a Sra. Condessa de Azinhoso.

Interrogou-o ela acerca de todas as miudezas concernentes à soltura de Betancur. O informador relatou-as todas, desde as severas lições que o acadêmico dera a D. Alexandre, até ao lindo discurso, dizia ele, que o amigo de Guilherme Lira improvisara à beira da sepultura; e numa espécie de apostila à narrativa, contou a esquecida circunstância de ter rompido inesperadamente pelo tribunal dentro o fidalgo, sogro do estudante.

— Pois ele está em Coimbra?! — interrompeu vivamente a condessa.

— Vi-o eu, minha senhora! É um velho bonito! Basta vê-lo para se dizer: "Aquele é um fidalgo dos antigos tempos!"

— Sabe onde mora Casimiro de Betancur?

— Sei, minha senhora.

— De manhã tem a bondade de me guiar a casa dele?

— Pois não, Sra. Condessa!...

O capelão, cujo quarto era sob o pavimento dos aposentos da condessa, apesar de contuso e moído dos solavancos da carruagem pelas barrocas da estrada real em 1840, não pôde adormecer, ouvindo até à madrugada os passos da ilustre dama, e o abrir e fechar das portas duma janela.

Certo fora que a condessa nem sequer encostara a face às almofadas do leito, e, de quarto em quarto de hora, ia impaciente abrir a janela a ver se rompia a alva.

Assim que aclarou o céu, já a senhora despertou a criada para lhe dar do baú outros vestidos e ornatos.

Ao nascer do sol, estava V. Ex.ª vestida a rigor de viúva opulenta: modéstia elegante, pompa meio velada pela cor escura do estofo.

O egresso, que perdera a esperança de adormecer, levantou-se e foi à antecâmara receber as ordens da condessa. Saiu ela a dizer-lhe que tomaria uma chávena de café, e às nove horas sairia acompanhada de Sua Reverendíssima.

Sua Reverendíssima, vendo-a assim adereçada, consentiu que o demônio da maledicência lhe encavalgasse o espírito: "Dar-se-á caso, dizia ele consigo, que a condessa esteja namorada deste Betancur? Querem ver que esta senhora, aos quarenta e seis anos, tresvaliou, e vai destruir o bom nome que está gozando?!... Mas não! — monologava ele, tornando sobre si. — Vai-te, espírito aleivoso que me tentas! Aqui há segredo que eu vou saber logo! Esta senhora é o tipo da honestidade, e o modelo das viúvas honradas!"

Às nove horas saiu a condessa, com o seu capelão e o estalajadeiro. Chegaram defronte da pequena casa da Couraça dos Apóstolos.

— É aqui — disse o guia.

— Obrigada. Pode ir, que eu demoro-me.

Subiu a dama a declivosa escadinha, e bateu à porta do topo. O capelão seguiu-a, gemendo.

Abriu uma criada a porta.

— Posso falar ao Sr. Rui de Nelas? — disse a condessa.

Foi a criada à saleta em que as duas famílias estavam almoçando, e noticiou que era uma senhora ricamente vestida a perguntar pelo Sr. Rui de Nelas.

— Quem pode ser?! — refletiu o fidalgo.

— Abre o meu quarto de estudo, e diz à senhora que entre — disse Casimiro.

Quando a criada saía da saleta, já a condessa estava à entrada, dizendo:

— Não sou de cerimônias, vou entrando porque já conheci a voz do mano Rui.

Levantaram-se todos. O velho abriu os braços, e ficou de braços abertos, e boca também aberta.

A condessa chegou-se ao alcance do braço e disse:

— Parece que o mano duvida...

— Duvido... — balbuciou ele — pela mesma razão que não devia duvidar... Tu tens vinte e cinco anos, Eugênia! Estás quase como te vi sair de Pinhel!

— Cuidei que lisonjas tais eram desusadas entre irmãos, Rui!... Pois eu dir-te-ei que estás bastante alcançado. A vida da província é menos salutar do que dizem as pessoas que envelhecem na corte. Senta-te, Rui, e dá-me uma chávena do teu café.

— Tu aqui, mana!... Tu aqui!... — Voltava o fidalgo. — Deixa-me convencer bem de que estou acordado!... Quem é aquele senhor?...

— É o meu capelão.

— Sente-se, Sr. Padre Capelão, sente-se.

— Qual destas meninas é a tua filha? — perguntou a condessa.

— É esta, aqui tens a minha Cristina.

A condessa beijou-a, abraçou-a, e mandou-a sentar.

— Este é meu genro — continuou o velho, apresentando-lhe.

Casimiro deu um passo, e curvou reverentemente a cabeça.

— Este é que é o Sr. Casimiro Betancur? — disse a condessa apertando-lhe a mão.

E a mão ardia, tremia, e apertava extraordinariamente.

— As outras pessoas — concluiu Rui — são filhos do meu

coração: aquela é a minha Peregrina, e aquele o meu padre João. Lembras-te, Eugênia, do José Ferreira da Rechousa, nosso caseiro?

— Lembro.

— Pois são filhos dele que herdei. Aqueloutro, que ali vês, é Ladislau, marido de Peregrina.

— E estas duas criancinhas?

— Uma é minha neta e tia sobrinha, primogênita e única de Cristina, a outra é filho de Ladislau.

A condessa, ouvindo o irmão, a cada instante relanceava os olhos a Betancur, único da comitiva que ficara de pé, no intento de servir a hóspeda, e dar a sua cadeira ao capelão.

— Senta-te, Casimiro — disse o velho. — Aqui tens, Eugênia, o meu orgulho, a minha glória, o meu Casimiro sem mancha de culpa, com a sua honra ilibatada! Não foi preciso apelarmos para Lisboa. A justiça de Deus veio mais cedo que a esperávamos. Eu te conto como isso foi.

— Sei tudo — atalhou a irmã. — Já me informaram na hospedaria.

— Mas como estás tu aqui, mana? — tornou Rui. — Vinhas munida, talvez, de cartas para alcançares a absolvição de teu sobrinho em Coimbra?

— Não, Rui — tartamudeou a condessa.

— Então que palpite foi esse de te botares ao caminho, sem saberes a decisão do julgamento?

— Dizes bem, Rui... Foi um palpite...

— Bem hajas tu que vieste dar o remate à nossa satisfação! Agora vais conosco para Pinhel, não é assim?

— Irei. E hoje janto convosco.

— Isso estava sabido!... Pois então?!

A condessa disse a padre Francisco:

— Pode ir, e descansar à sua vontade, padre capelão, que eu passo aqui o dia. Queira dar esta parte à criada.

Saiu o padre, e todos passaram ao quarto de estudo de Casimiro, que era a parte mais alegre e arejada da casa.

— Estou entre amigos! — disse com um profundo suspiro a condessa. — É a primeira vez na minha vida que digo isto!

Rui compreendeu a irmã, relembrou a mocidade dolorosa de Eugênia, e fez um gesto compassivo, e outro que significava: "Não lembremos o que lá vai".

Porém, Casimiro, impressionado daquelas palavras, disse respeitosamente:

— As felicidades de V. Ex.ª não devem ter sido invejáveis!... Em volta da riqueza, da formosura, e de um nome distinto costumam reunir-se muitos amigos... ou, pelo menos, muitos que o parecem...

A condessa encarou nele com penetrantes olhos, e disse:

— Lastima-me, não é verdade?

— Minha senhora — balbuciou Casimiro –, peço perdão... Não quis dizer que lastimava V. Ex.ª... Quaisquer que tenham sido suas mágoas, a sua elevada posição não consente que eu me condoa...

— Está bom, está bom... — atalhou Rui –, não se fala aqui em mágoas, nem dó, nem lástimas! Este meu Casimiro tem uma propensão para discursos tristes, que nunca vi!...

Olha que ontem à noite, mana, o que ele disse à beira da sepultura do Guilherme, ia arrancar ao fundo do coração as lágrimas de quem nunca tivesse chorado!

— É porque eu dava o exemplo, chorando, Sr.ª Condessa — ajuntou Casimiro.

— E deve ter chorado muito! — disse ela.

— Pouco, minha senhora. Sou um homem muito resignado,

ou muito forte. A mim as grandes angústias levemente me abalam. Algumas vezes tenho chorado por cousas insignificantes. Posso ver a olhos enxutos morrer minha filha, e não poderei ouvir, sem lágrimas, o piar de uma ave, a quem mataram os filhos do ninho. Isto será deformidade de organização: mas dureza de alma não é, minha senhora... Meditando na minha índole, vim a considerar que para mim o incentivo das lágrimas é uma certa poesia fúnebre e maviosa, sensação que eu não sei doutro modo definir; ao passo que as desditas positivas, cerradas e sufocantes regelam-me a alma.

— Ele aí está a fugir para a tristeza! — interrompeu o fidalgo.

— Deixa-o falar, mano... — pediu a condessa.

— S. Ex.ª tem razão... — disse Betancur. — Eu sou incorrigível, e tenho contágio. Aqui está a minha Cristina, absorvida também na sua meditação...

— Não — acudiu Cristina –, eu estava a pensar com alegria nas tuas tristezas passadas, meu Casimiro. — E todos com o passado às voltas! — clamou Rui. — Falem no presente, descubram o futuro, e não me aflijam, que vai aqui tudo raso! Querem ver que a minha Eugênia também é melancólica? Em pequena era muito, menina! O teu gosto eram sombras de árvores, fontes, ver o céu de noite... Aqui estou eu também a fugir para trás trinta e tantos anos! Bem diz o Casimiro que a sua cisma é pegadiça!...

— Mas olha, mano, deixa-me conversar com o teu genro, ainda que o passado te aborreça...

— O que eu observo, Eugênia, é que tu simpatizas grandemente com ele!...

— Por que não!?

— Beijo as mãos de V. Ex.ª — disse Casimiro.

— Isso, quando se diz, faz-se.

— O quê, Sra. Condessa?

— Disse que me beijava as mãos... então... beije.

Casimiro inclinou-se, e beijou de leve a mão da dama, que lhe apertou vertiginosamente a dele.

Este visível estremecimento impressionou Cristina e Peregrina, que se encararam de um modo que poderia ser duvidar do bom senso da condessa.

— Vamos conversar, Sr. Casimiro — disse Eugênia. — Queira sentar-se a meu lado. Meu mano já me disse que o senhor era filho de um militar, que morreu no cerco do Porto.

— Sim, minha senhora, sou filho de Duarte Betancur.

— Conheceu seu pai? Onde estava quando ele morreu?...

— Conheci meu pai. Vi-o em 1830 pela última vez. Estava eu no Colégio dos Nobres, quando ele morreu.

— Sabe em que ano nasceu?

— Sei-o dos próprios apontamentos de meu pai.

— Escritos por ele mesmo?

— Sim, minha senhora.

— Dá-me licença que os veja?

— Por que não, Sra. Condessa? Aqui está a velha carteira de meu pai... A condessa tomou da mão de Casimiro, com sôfrega ânsia, a carteira que folheou.

— Onde é? — disse ela convulsiva.

— Aqui, minha senhora — respondeu Casimiro, indicando-lhe a página, que a condessa leu:

Meu filho Casimiro nasceu em 15 de janeiro de 1816. Foi batizado em S. Domingos de Santarém aos 22 do mesmo mês. Foi criado no Cartaxo donde saiu em 1820...

A condessa murmurava ainda; mas não lia o restante da nota.

Fechou a carteira, e voltou-a nas mãos, remirando-a. Depois, pregou os olhos no rosto de Casimiro, e permaneceu neste espasmo alguns minutos, até que, muito do fundo do seio, lhe saiu um grito estridente, e uma explosão de lágrimas em que a luz da vista parecia enevoar-se.

— V. Ex.ª sofre!... — disse Casimiro.

E acercaram-se todos da condessa, que, tomando a mão de Betancur, ergueu-se de ímpeto, e disse-lhe:

— Leve-me a uma janela... Dê-me ar, e uma gota d'água.

— São nervos! — observou Rui. — É de casa, que é abafada... Abram todas as janelas... Queres tu descer ao quintal? Vai com ela, Casimiro... Vamos todos.

— Estou melhor — atalhou D. Eugênia. — Já respirei...

— Costuma dar-te estes acessos, mana?

— Costumam...

Sentou-se de novo, reparando na carteira, e outra vez se lhe tingiu de escarlate febril o rosto.

— Mistério! — disse o vigário ao ouvido do cunhado.

— Que cuidas?! — perguntou Ladislau...

— Esperemos.

A condessa afastou das fontes os cabelos empastados de suor, e disse cortando as palavras de suspensões, que pareciam o abafar de mão estranha na garganta:

— Casimiro esteve no Colégio dos Nobres até...

— Até 1834, minha senhora — respondeu o filho do major.

— E depois...

— Como perdi meu pai, fui a Pinhel procurar amparo de parentes pobres.

— E nunca viu no *Diário do Governo* um anúncio perguntando se existia um filho do major Duarte Betancur?

— A Pinhel nunca chegou esse jornal — disse Casimiro. — E quem se interessava em saber se eu existia?

— Quem?...

— Sim, minha senhora.

— Era eu.

— V. Ex.ª! — acudiu Casimiro com assombro.

— Com que fim eras tu, Eugênia? — perguntou o fidalgo. A condessa fitou a vista incendiada no irmão e disse:

— Com o fim de saber se existia... meu filho!

Assim devia ficar uma família de Pompeia, de súbito empedrada na invasão da lava fulminante. Uns a outros, com olhos pávidos, pareciam medir o claro sentido daquelas palavras.

Casimiro sentiu lavaredas no seio, e descerrou os lábios à expedição do lume. Estrondeavam-lhe no encéfalo umas alucinações de ébrio. Dos olhos de sua mãe, afuzilavam umas como frechas que lhe cortavam de lampejos o curto espaço de ar intermediário. Para os outros, há só o termo "estupefação" que os descreva. A condessa oscilava outra vez assoberbada pela comoção nervosa; já se não sustinha, com as mãos apoiadas nas costas da cadeira. Levantou-as, estendeu os braços como a pedir amparo. Encontrou o seio de Casimiro, e nele inclinou a face, exclamando:

— Meu filho!...

— Mas isto é tudo um sonho! — disse Rui de Nelas, levando as mãos às fontes.

Casimiro ajoelhou com a mãe nos braços. As duas senhoras, sem segura consciência do que faziam, Foram amparar a condessa. O vigário pôs as mãos em atitude de quem ora. Ladislau cruzou os braços no peito contemplando o grupo.

De súbito, Casimiro afastou um pouco a face, contemplou o rosto pálido da condessa, beijou-a na fronte, e disse:

— Tenho mãe, meu Deus!... Eu sabia que a tinha, e havia de encontrá-la!...

Então, chorou, a torrentes!

Se não chorasse, enlouquecia.

XIX

PAZ E CONTENTAMENTO

Decorridas algumas semanas, o casamento de Casimiro Betancur com sua prima carnal D. Cristina de Nelas era validado pelo Núncio Apostólico, dispensando no parentesco, e saneando a ignorada irregularidade. A condessa perfilhava Casimiro para lhe assegurar a sucessão de seus grandes cabedais. Casimiro, porém, com quanta delicadeza e respeito a ternura filial lhe inspirou, disse que só aceitava a perfilhação para ser seu filho, e não seu herdeiro. Ficou interdita, e alheia da intenção da resposta, a condessa. O filho esclareceu assim a própria demência:

— Minha mãe herdou de seu marido; eu, filho de outro homem, que morreu pobre, peço licença para ser estranho aos haveres do Sr. Conde de Azinhoso. Eu sou filho de D. Eugênia de Nelas. Minha mãe ainda tem a sua legítima nesta casa de Pinhel. Essa aceito-a como dote para igualar o patrimônio de minha mulher.

— Pois sim, filho, faça-se a tua vontade — disse a condessa. — Por minha morte ficarás agricultando algumas jeiras de terra em Pinhel, que valerão doze mil cruzados. Ficarás sendo um lavrador dos menos abastados da comarca. Minha sobrinha Guiomar virá senhorear-se do vínculo e da casa que é vinculada. Tu com tua mulher e filhos irás viver no casal da Rechousa, ou noutro semelhante, que ameaçam ruína.

— As paredes abaladas especam-se, minha querida mãe; a dignidade aluída é que nunca mais se repara. Eu amo a mediania, que é o refúgio da paz. As lições da vida deu-me o lavrador de Vila Cova. Minha mãe prometeu-me ir ver de perto a casa entre serras, aquele abrigo de honrados e de santos. Venha comigo ali estar uns dias, e V. Ex.ª, olhando dali para o céu, dirá: "Se há paraíso na terra, se há bem no mundo, é aqui".

— Iremos, filho, eu também o desejo. Já estou convidada para ser madrinha do segundo filho de Ladislau. Bem vês que ando a cuidar-lhe do enxoval.

E, logo na semana seguinte, partiram todos para Vila Cova, e as meninas solteiras de Pinhel também.

Quem é este homem de jaqueta de pano azul e colete encarnado, e chapéu braguês, que vai a pé, ao lado da égua em quem monta a condessa?

É mestre Antônio — o carpinteiro. Ali vai conversando em obras, que é preciso fazer aqui e acolá, nas casas arruinadas do fidalgo. A condessa trabalha por tirar este homem do ofício: oferece-lhe dinheiro para erguer a casa, e comprar bens. Mestre Antônio responde:

— Fidalga, grande nau, grande tormenta! Deixe-me cá com a minha vida, que vou bem assim. Meu filho brasileiro manda-me duzentos mil-réis a cada ano, e eu, a falar a verdade a V. Ex.ª, tenho-os ali para uma gaveta, sem saber de que me servem. A minha alegria é o trabalho. Em pegando dois dias santos, ando como tolo sem saber em que hei de gastar tempo.

— Mas gaste-o em trabalhar nos seus bens.

— Nos meus bens trabalho eu, Sra. Condessa. Logo que me pagam o serviço, alguma cousa tenho dos bens em que trabalho.

— Ficarás, portanto, carpinteiro, honrado homem, mas homem honrado, toda a tua vida!

Custa a caber tanta gente na casa de Vila Cova! Armam-se leitos de bancos nos casarões das tulhas. O quarto solene dos padres é consignado ao fidalgo. A condessa ocupa o de Peregrina. Que feliz barafunda ali vai!

Os criados vêm carregados de caça dos montes. O fidalgo quer ir à cozinha fazer umas troixas de ovos, cuja receita lhe deram os anjos. A condessa anda lá pelos campos a correr atrás da netinha. As irmãs de Cristina sobem à lapa da Crasta e entram de lá a berrar que lhes acudam, que as comem os lobos.

O capelão da condessa, acertando de encontrar na livraria dos padres Militões as cartas manuscritas de Fr. Bartolomeu dos Mártires, persegue toda a gente para que lhe ouçam ler as cartas e os comentários soporíferos dele. Quem mais o atura é Casimiro, que foge do bulício para a livraria defesa às corrimaças das cunhadas.

Chega o dia do batizado, e nesse dia aparece inesperado em Vila Cova um tabelião de Pinhel, a rogo da Sra. Condessa de Azinhoso. Lavra-se uma escritura. É uma doação que faz a mãe de Casimiro ao seu afilhado Rui, filho de Ladislau. Doa-lhe quinze mil cruzados em inscrições no Banco de Portugal, em virtude dos muitos impagáveis favores que devia a seus pais.

Casimiro abraça sua mãe e exclama:

— A virtude é engenhosa, minha querida amiga!

Os pais do menino beijam-lhe a mão, e Ladislau diz:

— Com a condição de que meu filho conservará o depósito como patrimônio dos desgraçados. Mande V. Ex.ª escrever esta cláusula na escritura.

— Ladislau — disse a condessa — já lhe deve ter escrito no coração.

Ali se detiveram trinta dias. De Pinhel, em cada semana, vinham cargas de víveres. Ladislau sentia-se, e o fidalgo respondia:

— Isto é para o capelão da mana condessa, que lê muito as cartas de Fr. Bartolomeu; chora de entusiasmo; mas não o imita na temperança. Seria capaz de engolir o santo, o bom do egresso, se o pilhasse! Sem este contrapeso de vitualhas, amigo Ladislau, éramos todos vítimas da gulodice do padre. Vamos lançando estes bocados ao Aqueronte, que promete, ao contrário do outro, levar-nos para o céu, se não adormecer no meio do caminho.

A alegria dava graça ao velho, que, em geral, era sensaborão.

Na volta para Pinhel trouxeram consigo a família de Vila Cova, salvo o vigário, que voltou ao amor do seu rebanho.

Saiu para Lisboa o capelão da condessa com ordens ao procurador para vender o palácio, os trens, os primores da Ásia, que opulentavam a triste vivenda da viúva. Triste, sem um amigo, como ela dizia. Ao mesmo tempo, o egresso cumpriu outras ordens com referência ao Ministro da Justiça. Ultimando tudo, voltou o padre a Pinhel: ia relouçado de prazer, porque, à última hora, soubera que fora nomeado cônego da patriarcal. Beijou as mãos da condessa.

— Vá — disse ela sorrindo –, vá imitar na pobreza eclesiástica o seu predileto Bartolomeu dos Mártires.

Na mesma data era nomeado cônego da Sé da Guarda o padre João Ferreira.

O vigário, avisado na sua pobre paróquia, foi a Pinhel, depositou a mercê nas mãos da condessa, e disse:

— Perdoe-me V. Ex.ª a recusa: eu não posso separar-me de minha irmã e cunhado. V. Ex.ª não quer que eu morra de saudade nas delícias de um cabido. Consinta que eu me deixe ali viver à sombra das virtudes dos padres de Vila Cova.

— Eis aqui um padre novo, que destoa das doutrinas do meu

velho capelão! — disse a condessa. — Pois sim, padre João, vá para o seu presbitério, e venha ver-me muita vez, e tome à sua conta a minha velhice.

Cristina contou a sua tia e sogra os menores incidentes do seu namoro, e mostrou-lhe o José pastor, que tão útil e leal lhe fora.

Chamou a fidalga José pastor e mandou-lhe que dissesse a razão por que fizera aqueles serviços ao Sr. Casimiro e à menina.

O rapaz respondeu:

— Era toda gente contra eles, e eu disse cá aos meus botões: ora deixa estar que eu vos dou nas ventas para trás.

— E nunca te deram nada?

— Eles que me haviam de dar, fidalga?!

— Então fazias tudo sem interesse?

— O que eu queria era vê-los casados. A menina estava lá em cima fechada a chorar, e o Sr. Casimiro andava lá por longe escondido... Fizeram-me muita pena! Foi o que foi.

— Queres tu ser padre? — perguntou a condessa.

— Padre?!

— Sim.

— Não, senhora. Antes queria ser sargento.

— Sargento!... Mas tu és muito rapaz ainda para assentar praça.

— Posso assentar praça de tambor, que os tambores são do meu tamanho.

— És tolo, rapaz! Queres tu estudar para depois ser oficial?

— Eu já sei ler, que me ensinou o Sr. Casimiro.

— Pois sim; mas agora vais aprender outras coisas para Lisboa.

— E leva-se lá bordoada de cego?

— Não, patarata, ninguém lá te bate.

— Então, se a fidalga quer, e o fidalgo deixar, vou. E foi para a Politécnica de Lisboa, com recomendação da condessa.

D. Soeiro de Aguilar teve notícia destes sucessos estupendos. Sentiu guinadas de fazer as pazes com a família de Vila Cova, e por um cabelo se não descobre nesta extrema de despejo. Guiomar ainda escreveu a sua tia, cumprimentando-a pela sua chegada. A condessa respondeu: "Agradeço o cumprimento de minha sobrinha e faço votos pela sua felicidade".

Esta sequidão irritou D. Soeiro, que se desentranhou em apóstrofes contra a canalha de Pinhel. A tia de sua mulher foi exposta à irrisão de seus hóspedes, na presença da sobrinha. Repetiram-se os vilipendiosos amores que deram filho natural, sobrinho do carpinteiro. Desde este fato, D. Guiomar odiou o marido, cuja hediondez de caráter só podia ser avantajada por D. Alexandre.

Tratou a condessa de casar suas sobrinhas, com auxílio dos seus haveres. Acorreram pretendentes das melhores casas das duas províncias contíguas, e casaram todas com morgados, homens de bem, vaidosos de seus apelidos, mas inofensivos, e virtuosos mesmo por vaidade de imitarem seus avoengos. As senhoras dispersas por aqueles palacetes solarengos reuniam-se em casa de seu pai, nas festas do ano, nos natalícios, e no aniversário do casamento de Casimiro. Esta cláusula fora instituída pela condessa.

A tiro de peça de Pinhel, existiam uns casebres derrocados, onde nascera, segundo informações de mestre Antônio, seu cunhado Duarte Betancur, filho de um soldado da ilha de S. Miguel, que ficara na metrópole, e ali estabeleceu uma tenda. Comprou a condessa estes pardieiros aos possuidores, e mandou-os arrasar, e sobre eles edificar um obelisco, cintado por grossa cantaria, com portadas de ferro. Ia todos os dias ver a obra, que durou um ano, com os melhores alvenéis da província. Concluído o obelisco, foi entalhada na base uma lâmina de ferro com esta legenda:

> À MEMÓRIA DE
>
> **DUARTE BETANCUR**
> MORTO NO SEU POSTO DE HONRA
> EM 1834
>
> MANDOU ERIGIR SEU FILHO
> **CASIMIRO BETANCUR**
> EM 1843

    Rui de Nelas, lá muito no seu interior, não gostou da lembrança. Era a natureza a puxar por ele.

    Neste tempo, teve a condessa uma hora de muitas lágrimas.

    Casimiro, de propósito e por veneração, nunca lhe mostrara duas cartas, que conservava entre os papéis de seu pai, assinadas pela inicial *E*.

    Numa tarde, como estivessem sentados na base da coluna, Casimiro tirou da carteira dois papéis dobrados e amarelecidos.

— Que é isso, filho?

— Veja, minha mãe!

Abriu ela e exclamou:

— É minha letra! Como possui isto?

— Minha mãe já deve saber como as possuo.

    A condessa leu soluçante, e beijou aquele papel, que estivera nas mãos de Duarte. Leu a segunda, e, em meio da página, susteve-se afogada de ânsias e lágrimas.

    Casimiro arrependeu-se da indiscrição, e acariciou-a, pedindo-lhe pela memória de seu pai, que vencesse a sua dor.

    Era este o conteúdo da primeira carta:

Não sofras, D. Conta com o meu valor. Parece-me que vou ser arrebatada para uma quinta do tio. Não sei qual. Eu te avisarei, a preço de tudo. O mais que podem é matar-me meus irmãos. A minha alma irá identificar-se à tua: viverei sempre contigo na terra, e amando-te de um mundo melhor. Sossega, meu amigo. Se Deus vê a nossa inocente paixão, ele nos protegerá. Se não há Deus para nós, seremos um para o outro. Tua, E.

Esta carta devia ter sido escrita antes da ida para Camarate. A segunda dizia:

É horrível esta opressão. Tenho medo de morrer abafada pela angústia. Vem, aproxima-te, dá-me alento, senão prefiro antecipar a morte. Ai! Que soledade! Que abandono nesta hora! Vem, vem, D., que eu queria ver-te antes de morrer! E.

Presume-se que esta última carta foi escrita de Recaldim para Torres Novas, quando Duarte desceu de Bragança, a receber das mãos de Brites aquela criança, que ali está agora, homem, com o rosto de sua mãe apertado ao seio.

Em seguida àquele transe, a condessa acamou, e teve febres por longos dias. A presença do filho, magro, lívido, triste, como quem pede a primazia na morte ao lado de um enfermo em perigo, abrasou-a em súplicas fervorosas a Deus, pedindo a vida. Declinaram as febres, volveram esperanças e saúde, e continuou o hino de graças ao Senhor, entoado por aquelas duas famílias que rodeavam o leito de Eugênia.

Segura a convalescença, a condessa, prevendo que, por morte de seu irmão, a casa de Pinhel passaria à sucessora de vínculo, cuidou em construir um palacete, em nome de Cristina.

Casimiro objetou que daquele modo passava a seus filhos a casa do Conde de Azinhoso.

A mãe respondeu:

— Quererás tu privar-me que eu beneficie minha sobrinha? Isto não tem nada a ver contigo, Casimiro. As demasias da dignidade são uma impertinência.

CONCLUSÃO

Passaram-se vinte e um anos.

Ainda que o contrário se afigure a pessoas que têm a boa sorte de não escrever romances, a conclusão dum livro desta espécie é dolorosa de fazer-se, quer os personagens tenham existido, quer vivessem, como quimeras queridas, na fantasia do escritor.

É doloroso, digo, porque há aí um fato formidável e horrendo, que tanto vinga nos personagens verdadeiros como nos imaginados: é a morte. O romancista histórico tem de matá-los em nome da história; o romancista inventor tem de matá-los em nome da verossimilhança.

Eu creio que o leitor denega sua fé aos sucessos que lhe contei. É injusto com a máxima parte deles. Aí foram esboçadas umas pessoas que viveram, e outras que vivem, com outros nomes e em outras terras. E por isso redobra a minha mágoa por não poder dizer que vivem todos.

As duas simpáticas velhinhas, Brásia de Vila Cova e Brites de Recaldim, essas há muito que já lá vão. Com isto privo o jornalismo do inocente gáudio de anunciar duas macróbias. Brásia morreu, como lá dizem, à imitação dum passarinho, com oitenta e nove anos de idade, em seu perfeito juízo, e conformada com a vontade Deus. Legou os seus ordenados de setenta e nove anos ao filho mais velho de Ladislau, e o seu ouro composto de cordão e anéis a Peregrina. É verdade que estes valores não chegaram para as missas de que ela onerou os herdeiros, por sua alma e por almas idas há tanto tempo que ou Deus as tinha consigo ou descondená-las seria tardio intento. Brites lá se finou em Recaldim, poucos meses depois da saída de D. Eugênia para o Brasil. As desventuras da filha de sua menina minaram-na tanto que a saudosa velha, de dia para dia, se resvalou à sepultura, pedindo a Deus que não a castigasse por ter protegido a desgraçada senhora. Aquela Apolinária da Calçada dos Barbadinhos, que o leitor esqueceu, não esqueceu a condessa de Azinhoso. De volta ao Rio de Janeiro procurou-a, achou-a pobre e cega, deu-lhe abundância, empregou-lhe os filhos, e fez-lhe o enterro, anos depois.

Rui de Nelas morreu em 1850, nos braços de Casimiro e Cristina, únicos filhos que viu à hora da morte. O vigário de S. Julião d'Arga tão santos dizeres lhe falou naquela tremenda hora, que o moribundo inclinou suavemente a cabeça, e expediu a alma ao seu criador, abençoando as filhas ausentes.

Ao nono dia depois do falecimento, a casa estava vazia, e D. Soeiro entrava a empossar-se nela, instaurando logo demandas às cunhadas, e articulando contra Casimiro Betancur um livelo de subtração de baixela vinculada: calúnia que nos tribunais redundou em maior infâmia do litigante.

Cristina, Casimiro e sua mãe passaram à casa construída. Aí receberam, volvidos três anos, D. Guiomar de Nelas, fugitiva do marido, que a martirizava, tornando-a serva de suas criadas, com quem ele devassadamente comerciava a morte lenta da esposa. Casimiro recebeu-a com respeito, Cristina com amor, a condessa com a virtuosa indulgência que aprendera na desgraça. A perseguição de D. Soeiro ali mesmo lhe cravou a seta ervada, fazendo-a intimar para si ir voluntariamente estender no potro de torturas. Casimiro tomou sua cunhada à sua guarda, depositou-a num mosteiro de Vila Real, e daí requereu a separação judiciária, que conseguiu com ilibados créditos. D. Soeiro, passados anos, morreu dum tiro que por descuido se deu, andando à caça. Em Miranda vogava a suspeita de que o tiro lhe fora desfechado por um lavrador vingativo, inconciliável com a fidalga desonra de sua irmã. Guiomar tomou cargo da educação de suas filhas, que não tinham educação nenhuma, e vive em paz e devotamente no seu palácio de Pinhel.

Ladislau lá está em Vila Cova saudoso do seu primogênito, que há dois anos casou com Mafalda, filha de Casimiro, e foi viver em casa do sogro. Rui, seu filho segundo, está-se ordenando para, no futuro, continuar a missão dos sacerdotes daquela casa. O matrimoniarem-se aqueles dois primogênitos era plano feito desde o berço, e sancionado pelo céu. Amaram-se desde infantes, e hoje adoram-se como seus pais.

Mestre Antônio também já lá está no mundo das almas generosas e puras. Acabou a vida quase sem erguer mão do trabalho. Como entrevasse aos sessenta anos, mesmo sentado no leito fazia bocetas para doce, às quais dava consumo a condessa, arrumando--as em rimas, e pagando-as por um preço que o artista aceitava, sorrindo à piedade da fidalga. Nunca foi possível demovê-lo de sua casa e da sua oficina! Ponha o compositor os pontos de admiração que lhe parecer.

Do vigário de S. Julião sabe também o leitor que não há de tirá-lo dali. As virtudes do último padre de Vila Cova é preciso lembrá-las ele, que o povo, abençoando as que vê, esqueceu as outras. O egresso capelão da condessa, propendendo a bispo, fez-se político, e falava mais nos comícios eleitorais que cantava no coro. Na véspera de ser nomeado, ceou com três deputados de sua fábrica, e rebentou de madrugada, com grande terror das criadas, que afirmaram não cheirar bem o cônego: o que é possível e sem que a sua alma perdesse por isso.

José pastor, transformado em José de Castro Vieira e Silva (como ele arranjou isto!), é tenente de engenheiros, empregado nas estradas, com grandes vencimentos e créditos de habilidade. Estudou muito, fez a pontaria a engrandecer-se, não quis saber de namoros, nem de teatros, nem de bailes, e medita em fazer-se deputado por alguma parte, no louvável intuito de ser ministro das Obras Públicas: ministro, que hei de defender, posto que o considero mais de molde para os estrangeiros em vista da diplomacia de telhado, que o vimos tirar a limpo há vinte e seis anos.

A condessa de Azinhoso é ainda uma senhora robusta com os seus sessenta e sete anos. A felicidade é a sua saúde. Em certos dias do ano vai visitar a memória de Duarte Betancur, e depois sobe, a pé, a S. Julião ouvir missa por alma dele. Respeitável piedade, cujo quilate só Deus pode avaliar, a despeito da censura hipócrita com que nós fingimos representar os juízos do Senhor.

Aqui está o que podemos dizer destas famílias. As outras filhas de Rui de Nelas lá estão em suas casas, honrando seus maridos, e abençoando a mão liberal de sua tia que, em vida, vai disseminando a sua riqueza, já muito diminuta em comparação do que foi. Parece que o anjo da felicidade anda, de casa em casa, saudando ora o lavrador de Vila Cova, ora o lavrador de Pinhel, ora o virtuoso de S. Julião; e dos atos de todos vai dar contas ao Senhor, que o reenvia com bênçãos novas.

MORALIDADE

Ocorre desta história, natural e concludentemente, que o coração do homem, formado na ciência e nos costumes antigos, encerra a urna dos bálsamos para as chagas dos corações formados à moderna. Exemplos três vezes benditos: o vigário de S. Julião da Serra, Ladislau Tibério, Peregrina e Casimiro Betancur.

Excelente seria se tivéssemos muitas daquelas relíquias dos tempos obscuros, as quais nos servissem como de quebra-luz, a fim de que a brilhante claridade dos mil lampadários da civilização nos não ceguem de todo.

Aqui está, muito à flor da terra, a moralidade da história, em que tentamos esboçar uma face do bem e outra face do mal desta vida, tão infamada por uns como glorificada por outros.

Senhor dos mundos! Vós, quando criastes a brasa da sede que requeima os lábios do caminhoneiro do nosso deserto, mandastes às areias que se desentranhassem em fontes! As fontes correm. E o ímpio sequioso bebe, consola-se e... injuria-vos.

Impressão e Acabamento
Gráfica Oceano